KB235951

우리고전 100선 18

삼국사기

삼국사기

우리고전 100선 18

삼국사기

―

2012년 8월 27일   초판 1쇄 발행
2022년 1월 5일   초판 4쇄 발행

―

편역   김아리
기획   박희병
펴낸이   한철희
펴낸곳   돌베개 (주)
책임편집   이경아
디자인   박정영 이은정
디자인기획   민진기디자인
표지그림   전갑배(일러스트레이터, 서울시립대학교 시각디자인대학원 교수)

―

등록   1979년 8월 25일 제406-2003-000018호
주소   (10881) 경기도 파주시 회동길 77-20 (문발동)
전화   (031) 955-5020
팩스   (031) 955-5050
홈페이지   www.dolbegae.co.kr
전자우편   book@dolbegae.co.kr

ⓒ 김아리, 2012

ISBN 978-89-7199-498-6 04810
ISBN 978-89-7199-250-0 (세트)

우리고전 100선 18

삼국사기

김아리 편역

돌베개

간행사

지금 세계화의 파도가 높다. 현재 진행되고 있는 세계화는 비단 '자본'의 문제이기만 한 것이 아니라, '문화'와 '정신'의 문제이기도 하다. 그 점에서, 세계화에 어떻게 대응할 것인가 하는 것은 우리의 생존이 걸린 사활적(死活的) 문제인 것이다. 이 총서는 이런 위기의식에서 기획되었으니, 세계화에 대한 문화적 방면에서의 주체적 대응이랄 수 있다.

생태학적으로 생물다양성의 옹호가 정당한 것처럼, 문화다양성의 옹호 역시 정당한 것이며 존중되지 않으면 안 된다. 그럼에도 세계화의 추세 속에서 문화다양성은 점점 벼랑 끝으로 내몰리고 있는 것처럼 보인다. 하지만 문화적 다양성 없이 우리가 온전하고 행복한 삶을 살 수 있겠는가. 동아시아인, 그리고 한국인으로서의 문화적 정체성은 인권(人權), 즉 인간권리의 문제이기도 하기 때문이다. 그래서 우리 고전에 대한 새로운 조명과 관심의 확대가 절실히 요망된다.

우리 고전이란 무엇을 말함인가. 그것은 비단 문학만이 아니라, 역사와 철학, 예술과 사상을 두루 망라한다. 그러므로 일반적으로 알려져 있는 것보다 훨씬 광대하고, 포괄적이며, 문제적이다.

하지만, 고전이란 건 따분하고 재미없지 않은가? 이런 생각의 상당 부분은 편견일 수 있다. 그리고 이런 편견의 형성에는 고전을 연구하는 사람들에게 큰 책임이 있다. 시대적 요구에 귀 기울이지 않은 채 딱딱하고 난삽한 고전 텍스트를 재생산해 왔으니까. 이런 점을 자성하면서 이 총서는 다음의 두 가지 점에 특히 유의하고자 한다. 하나는, 권위주의적이고 고지식한 고전의 이미지를 탈피하는 것. 둘은, 시대적 요구를 고려한다는 그럴듯한 명분을 내세워 상업주의에 영합한 값싼 엉터리 고전책을 만들지 않도록 하는 것. 요컨대, 세계 시민의 일원인 21세기 한국인이 부담감 없이 '쉽게' 접근할 수 있는, 그러면서도 품격과 아름다움과 깊이를 갖춘 우리 고전을 만드는 게 이 총서가 추구하는 기본 방향이다. 이를 위해 이 총서는, 내용적으로든 형식적으로든, 기존의 어떤 책들과도 구별되는 여러 가지 모색을 시도하고 있다. 그리하여 고등학생 이상이면 읽고 이해할 수 있도록 번역에 각별히 신경을 쓰고, 작품에 간단한 해설을 붙이기도 하는 등, 독자의 이해를 돕고자 하였다.

특히 이 총서는 좋은 선집(選集)을 만드는 데 큰 힘을 쏟고자 한다. 고전의 현대화는 결국 빼어난 선집을 엮는 일이 관건이자 종착점이기 때문이다. 이 총서는 지난 20세기에 마련된 한국 고전의 레퍼토리를 답습하지 않고, 21세기적 전망에서 한국의 고전을 새롭게 재구축하는 작업을 시도할 것이다. 실로 많은 난관이 예상된다. 하지만 최선을 다해 앞으로 나아가고자 한다. 그리하여 비록 좀 느리더라도 최소한의 품격과 질적 수준을 '끝까지' 유지하고자 한다. 편달과 성원을 기대한다.

박희병

책머리에

『삼국사기』(三國史記)는 우리나라 역사에서 오늘날까지 전해지는 가장 오래된 역사서이다. 『삼국사기』는 고려 인종(仁宗)의 명을 받은 김부식이 편찬 책임을 맡아 1145년에 완성한 삼국시대의 정식 역사서이다.

삼국시대라고 불리는 천 년의 역사가 담긴 『삼국사기』는 편찬된 이후 오늘날까지 또 천 년 동안 읽히고 있다. 역사는 과거의 기록을 현재의 시각에서 미래를 위해 쓴다. 역사를 읽는 일도 과거의 기록을 현재의 시각에서 미래를 보며 읽는다. 그래서 『삼국사기』는 시대의 요구에 따라 미래에 대한 기대로 부단하게 읽혀왔다.

우리 국민 중에 『삼국사기』를 모르는 사람은 많지 않겠지만, 이 책을 직접 읽은 사람도 많지는 않을 것이다. 그 이유를 보면 우선 방대한 분량으로 인한 독서의 중압감이 클 것이며, 연도별로 이어지는 건조한 역사 기술을 읽어 나가는 일도 지루하기 십상이기 때문이다. 또 여러 가지 방식의 연도 표기로 인해 어느 시대의 일인지도 헷갈리고, 생경한 지명과 관직명이 나열될 때는 책을 덮게 된다.

그래서 이러한 버거움을 덜고 우리 역사에 친근하게 접속할 수 있는 방법으로, 우선 삼국의 큰 이야기들 중 흥미로우며 감동이 있는 이야기들을 골라 엮어 보았다. 천 년의 역사가 담긴 방대한 분량의 『삼국사기』에서 무엇을 뽑아 읽는다는 것은 무척 조심스러운 일이 아닐 수 없다. 또 이러한 방식은 『삼국사기』를 통으로 읽었을 때에야만 알 수 있는 역사서의 전체적인 구성을 볼 수 없고, 앞뒤로 전개되는 역사의 흐름도 잘 볼 수 없기 때문에 아쉬운 점이 많다.

다만 이 책은 『삼국사기』라는 거대한 건축물에서 기와나 수막새를 몇 장 빼내 삼국에 대한 기획 전시를 하는 것으로 보면 될 것 같다. 그래서 『삼국사기』가 전해 주는 천 년 삼국시대의 정황을 일곱 개의 장으로 나누어 살펴보았다. 삼국을 연 영명한 시조들, 걸출한 왕과 그를 보좌한 현명한 신하들, 전쟁에서 혁혁하게 활약한 장수들, 시대를 위해 목숨을 바치고 분분히 스러져 간 사람들, 각국이 쇠멸해 가는 과정, 그리고 삼국시대를 대표하는 지식 문화를 빛낸 인물들과 천륜과 인륜을 지키며 살아간 기층 민중들. 이렇게 전시된 내용을 통해 우리 민족의 고대로 들어가는 길을 찾기 바란다.

『삼국사기』는 과거의 거울로 우리를 비추어 볼 수 있는 텍스트이다. 『삼국사기』를 통해 이합집산을 거듭했던 삼국의 흥망성쇠를 엿보며 오늘 우리가 처한 시대 상황을 비추어 볼 수 있기를 바란다.

2012년 여름
김아리

차례

신성한 세 나라 이야기

저절로 밥이 되는 솥

꽃잎처럼 스러져 간

차고 기우는 달

훨훨 나는 저 꾀꼬리

삼국사기

신성한 세 나라 이야기

활 잘 쏘는 주몽

활 잘 쏘는 아이, 주몽

고구려의 시조 동명성왕(東明聖王, 재위 기원전 37~기원전 19)은 성이 고(高)이고, 이름은 주몽(朱蒙)이다.

이전에 부여 왕 해부루(解夫婁)는 늙도록 아들이 없자 산천에 제사를 지내 자식을 기원했다. 그러던 어느 날 해부루가 탄 말이 곤연(鯤淵)에 이르렀는데, 말은 그곳에 있는 큰 돌을 보며 눈물을 흘렸다. 왕이 이상하게 여겨 그 돌을 밀어 보게 했더니 금빛 개구리처럼 생긴 어린아이가 있었다. 왕이 기뻐하며 말했다.

"하늘이 내게 주신 아들이다!"

그리하여 그 아이를 거두어 기르며 이름을 '금빛 개구리'라는 뜻의 '금와'(金蛙)라 했다. 해부루는 금와가 장성하자 태자로 삼았다.

그 후 재상 아란불(阿蘭弗)이 이렇게 아뢰었다.

"일전에 천제(天帝)께서 내려오셔서 제게 이렇게 말씀하셨습니다. '이곳은 장차 나의 자손들이 나라를 세울 땅이니 너희는 이곳을 피하라. 대신 동쪽 바닷가에 가섭원(迦葉原)이라는 곳이 있는데 토양이 기름져서 오곡이 잘 자라 도읍으로 삼을 만할 것이다.’”

이렇게 아란불이 권하자 해부루왕은 그곳으로 도읍을 옮기고 나라 이름을 ‘동부여’(東扶餘)라 하였다.

한편, 부여의 옛 도읍지에는 어디에서 왔는지 알 수 없는 사람이 와서 자신을 천제의 아들 ‘해모수’(解慕漱)라 하며 도읍으로 정했다.

해부루가 죽자 금와가 왕위를 이었다. 금와는 이즈음 태백산(太白山: 지금의 백두산) 남쪽 우발수(優渤水)에서 한 여자를 만났는데, 그녀에게 사정을 물으니 이렇게 대답했다.

“저는 하백[1]의 딸 유화(柳花)입니다. 동생들과 함께 놀러 나왔다가 자신을 천제의 아들 해모수라고 하는 남자를 만났습니다. 그는 저를 웅심산(熊心山) 밑 압록강 가로 유인하여 사통하더니 가 버리고 돌아오지 않았습니다. 저의 부모는 제가 중매 없이 다른 남자를 따라갔다고 꾸짖으며 마침내 저를 우발수로 귀양 보냈습니다.”

금와는 이상하게 생각해 유화를 방 안에 가둬 두었다. 그런데 햇빛이 유화를 비추자 유화가 피하려 했지만 아무리 해도 햇빛은 다시 그녀를 따라가 비추었다. 이로 인해 태기가 있어 알 하나를 낳으니 크기가 닷 되 정도 되었다. 금와왕이 알을 개와

1_ 하백(河伯): 고대 중국의 전설상에 나오는 물의 신.

돼지에게 주었으나 모두 먹지 않았다. 그래서 길바닥에 버렸더니 소와 말이 피해 갔다. 나중에는 들판에 버렸는데 새들이 날개로 덮어 주었다. 그러다 왕이 알을 깨뜨려 보려 했지만 깨지지 않자 결국 그 어미 유화에게 돌려주었다. 유화가 알을 싸서 따뜻한 곳에 두니 한 사내아이가 껍데기를 깨고 나왔다. 아이는 생김새가 출중했고 겨우 일곱 살인데도 성숙해서 남다른 데가 있었다. 아이는 스스로 활과 화살을 만들어 쏘았는데 백발백중이었다. 부여에서는 활 잘 쏘는 사람을 '주몽'이라고 했기에 이를 이름으로 삼았다고 한다.

금와에게는 일곱 아들이 있었다. 그들은 항상 주몽과 함께 놀았는데 모두들 주몽의 재주를 따라오지 못했다. 그러자 맏아들 대소(帶素)가 왕에게 말했다.

"주몽은 알에서 태어났고, 사람됨이 용맹합니다. 만약 미리 대책을 세우지 않으면 후환이 있을까 두려우니 제거하는 게 좋겠습니다."

그러나 왕은 받아들이지 않고 주몽에게 말을 기르게 했다. 주몽은 날랜 말에겐 적게 먹여 야위게 했고, 둔한 말은 잘 먹여 살찌게 했다. 그랬더니 왕은 살찐 말을 자신이 타고 주몽에겐 야윈 말을 주었다.

그 뒤 들에서 사냥을 하는데 주몽에게는 활을 잘 쏜다며 화살을 적게 주었다. 그런데도 주몽은 매우 많은 짐승을 잡았다.

왕자와 여러 신하들은 또다시 그를 죽이려 했다. 주몽의 어머니가 이 사실을 눈치채고 주몽에게 말했다.

"나라 사람들이 너를 해치려 한다. 너의 재주와 지략으로 어디를 간들 뜻을 이루지 못하겠느냐. 여기서 미적거리다 욕을 당하느니 차라리 멀리 가서 큰일을 도모하는 게 낫겠다."

그리하여 주몽은 오이(烏伊)·마리(摩離)·협보(陜父) 세 사람과 벗하여 엄호수(淹㴲水)〔개사수(蓋斯水)라고도 하는데 지금의 압록강 동북쪽에 있다.〕에 이르러 물을 건너려 하는데 다리가 없었다. 주몽은 뒤쫓아오는 병사들에게 잡힐까 두려워 물을 향해 외쳤다.

"나는 천제(天帝)의 아들이자 하백의 외손자입니다. 지금 도주하고 있는데 뒤쫓는 이들이 곧 닥치려 합니다. 어찌해야 합니까?"

그러자 물고기와 자라들이 물 위로 떠올라 다리를 만들어 주어 주몽은 물을 건널 수 있었다. 물고기와 자라는 곧 흩어져 쫓아오던 기병들은 물을 건너지 못했다.

고구려의 건국

주몽 일행은 졸본천2_에 이르렀다. 토양이 기름지고 지형이 험준한 것을 보고 마침내 그곳에 도읍을 정하기로 했다. 그러나 미처 궁실을 지을 겨를이 없어서 비류수3_ 가에 초막을 짓고 지냈다. 국호는 '고구려'(高句麗)라 하였고, 이에 따라 '고'(高)를 성씨로 삼았다. 〔한편 이런 이야기도 전한다. 주몽이 졸본부여에 이르렀을 때 그곳 왕에게는 아들이 없었다. 왕은 주몽이 보통 인물이 아니라는 것을 알고 자기 딸을 주몽의 아내4_로 삼게 했다. 그 뒤 왕이 죽자 주몽이 왕위를 이었다는 것이다.〕 이때 주몽은 22세(기원전 37)였다.

이 소식을 듣고 사방에서 모여들어 따르는 사람이 많았다. 그런데 그 지역은 말갈(靺鞨) 부락과 붙어 있어서 말갈의 침략이 우려되었다. 그래서 주몽왕이 물리쳐 버리니 말갈이 두려워 복종하며 감히 침범하지 못했다.

한편 주몽왕은 비류수에 채소 잎사귀가 떠내려오는 것을 보고 상류에 사람이 살고 있다는 것을 알았다. 그래서 사냥을 하며 찾아가다 비류국(沸流國)에 도착했다. 비류국의 왕 송양(松讓)이 나와 주몽왕을 보고 말했다.

"과인이 바닷가 외진 곳에 있다 보니 군자를 만나 본 적이

2_ 졸본천(卒本川): 졸본은 지금의 중국 요동성 환인(桓仁) 지역으로, 졸본천은 그곳을 흐르는 혼강(渾江)으로 추정된다.

3_ 비류수(沸流水): 혼강 일대의 강으로 추정된다. 고구려는 비류수를 중심으로 초기 국가로서 소국을 형성했다. 그리고 점차 주변의 소국들을 병합하며 성장해 갔다.

4_ 주몽의 아내: 주몽과 결혼한 졸본부여 왕의 딸은 소서노(召西奴)로, 고구려와 백제 건국에 기여했다.

없었는데, 오늘 이렇게 우연히 만나게 되어 다행이오. 그런데 군자께선 어디에서 오셨소?”

주몽왕이 대답했다.

“나는 천제의 아들입니다. 졸본에 와 도읍을 정했습니다.”

이에 송양이 말했다.

“우리 집안은 이곳에서 대대로 왕 노릇 했고, 또 땅이 협소해 두 임금을 용납할 수 없소이다. 그대는 도읍을 세운 지 얼마 되지 않았으니 우리의 속국이 되는 것이 어떻겠소?”

주몽왕이 그 말에 분노하여 송양과 언쟁을 벌이다 서로 활쏘기로 기예를 겨루었다. 그러나 송양은 대항할 수 없었다.

2년(기원전 36) 여름 6월[5], 송양이 나라를 들어 항복해 왔다. 주몽은 그 땅을 ‘다물도’(多勿都)라 하고, 송양을 그 땅의 주인으로 봉했다. 고구려 말로 옛 땅을 회복하는 것을 ‘다물’(多勿)이라고 했기에 그렇게 이름 붙인 것이다.

3년(기원전 35) 봄 3월에 누런 용이 골령(鶻嶺)에 나타났다. 가을 7월에 상서로운 구름이 골령 남쪽에 나타났는데, 그 빛이 푸르고 붉었다.

---

[5] 여름 6월: 『삼국사기』는 음력을 사용하므로 1, 2, 3월이 봄, 4, 5, 6월이 여름, 7, 8, 9월이 가을, 10, 11, 12월이 겨울에 해당한다. 이하 같다.

4년(기원전 34) 여름 4월에 구름과 안개가 사방에서 일어나 사람들이 7일 동안 색깔을 분별하지 못했다. 가을 7월에 성곽과 궁실을 지었다.

6년(기원전 32) 가을 8월에 신령스런 새들이 궁궐 뜰에 모여들었다. 겨울 10월에 왕이 오이와 부분노(扶芬奴)를 시켜 태백산 동남쪽의 행인국(荇人國)을 쳐 그 땅을 빼앗아 성읍으로 삼았다.

10년(기원전 28) 가을 9월에 난(鸞)새들이 왕궁에 모여들었다. 겨울 11월에 왕이 부위염(扶尉猒)에게 북옥저(北沃沮: 지금의 함경북도 일대)를 치게 하여 그 땅을 성읍으로 삼았다.

14년(기원전 24) 가을 8월에 주몽왕의 어머니 유화 부인이 동부여에서 돌아가셨다. 부여 왕 금와가 태후의 예로 장사 지내고 신묘(神廟)를 세웠다. 주몽왕은 겨울 10월에 부여로 사신을 보내 공물을 바쳐 그 은덕에 보답하였다.

19년(기원전 19) 여름 4월에 왕자 유리(類利)가 그의 어머니와 함께 부여에서 도망쳐 왔다. 왕이 기뻐하여 유리를 태자로 세웠다. 가을 9월에 왕이 승하하니, 이때 40세였다. 용산(龍山)에서 장사 지내고, 시호를 동명성왕(東明聖王)이라 하였다.

고구려의 시조 동명성왕의 신화는 부여 계통 부족들의 역사가 공유하던 신화 원형을 활용해 고구려 방식으로 변주해 만들어졌다. 천신(天神)과 수신(水神)의 결합으로 시조가 탄생했다는 기존의 신화가, 천제의 아들과 수신의 딸이 결합해 고구려 시조가 탄생했다는 신화로 변형되었다. 고난과 시련을 겪고 하늘의 도움을 받으며 결국 자신의 왕국을 세운다는 기존 신화 구조에 고구려의 실제 역사가 잘 교착되어 있다. 고구려의 시조 동명성왕의 신화와 역사는 우리 민족이 민족적 긍지를 되살리고자 할 때마다 다시 쓰이고 다시 읽혔다.

아버지를 찾아간 유리

유리명왕(瑠璃明王, 재위 기원전 19~기원후 18년)이 즉위했다. 이름은 '유리'(類利) 또는 '유류'(儒留)라고 한다. 주몽의 맏아들이고, 어머니는 예씨(禮氏)이다.

주몽이 부여에 있을 때 예씨의 딸에게 장가들어 아이를 갖게 되었는데, 주몽이 떠난 뒤에 아이가 태어났다. 그 아이가 유리이다.

유리가 어릴 적에 길에 나가 놀며 새총으로 참새를 쏘았는데 잘못하여 물 긷는 부인의 항아리를 깨뜨렸다. 그러자 그 부인이 꾸짖었다.

"아비 없는 아이라 이렇게 버릇이 없구나!"

유리는 부끄러워하며 집에 돌아와 어머니에게 물었다.

"제 아버지는 어떤 분이고, 지금 어디에 계십니까?"

어머니가 대답했다.

"네 아버지는 보통 분이 아니시란다. 나라에서 받아들여지지 않자 남쪽으로 달아나 새로운 나라를 세우고 왕이 되셨다. 떠나실 때 내게 말씀하시더구나. '당신이 아들을 낳으면 일곱 모가 난 돌 위의 소나무 밑에 내가 남긴 물건이 숨겨져 있다고 말해

주시오. 이것을 찾는다면 그 애가 곧 내 아들일 것이오'라고 말이
다."

유리가 어머니의 말을 듣고 곧장 산골짜기로 가서 일곱 모가
난 돌을 찾아보았지만 찾지 못하고 지쳐서 돌아왔다.

그러던 어느 날 마루에 있는데 기둥과 주춧돌 사이에서 무슨
소리가 나는 듯하여 가 보니 주춧돌의 모서리가 일곱이었다. 그
래서 곧바로 기둥 밑을 뒤지니 부러진 칼 한 조각이 나왔다.

마침내 유리는 이것을 가지고 옥지(屋智)·구추(句鄒)·도조
(都祖) 세 사람과 함께 졸본으로 가서 아버지 주몽왕을 만나 부
러진 칼을 바쳤다. 왕은 자기가 가지고 있던 부러진 칼 조각을
꺼내 붙여 보니 딱 맞아 한 자루의 칼이 되었다. 왕이 기뻐하며
유리를 태자로 삼았다. 이렇게 하여 유리가 왕위를 계승하게 된
것이다.

유리왕은 시조 동명성왕의 아들이라는 이유 하나로 왕이 되었다. 동명성왕은 유리를
만난 지 5개월 만에 죽었다. 그러니 유리의 주변에 누가 있었겠는가? 고구려를 세우는
데 결정적인 역할을 한 기존의 정치 세력들이 나라를 좌지우지하니 왕권은 허약하기
그지없었다. 유리왕 대에 국내성으로 천도한 것도 기존 정치 세력이 토착해 있던 수도
에서 벗어나기 위한 것이었다. 유리왕은 외로운 왕이었다.

비류와 온조

　백제의 시조는 온조왕(溫祚王, 재위 기원전 18～기원후 28) 이다. 온조왕의 아버지는 '추모' 또는 '주몽'이라 한다. 주몽은 북부여(北扶餘)에서 난리를 피해 졸본부여(卒本扶餘 : 지금의 중국 길림성 혼강 상류의 환인 지방)로 왔다. 졸본부여 왕에게는 아들이 없고 딸만 셋이 있었다. 졸본부여 왕은 주몽이 보통 사람이 아니라는 것을 알아보고 둘째 딸을 그에게 시집보냈다. 그리고 얼마 안 있어 졸본부여 왕이 죽자 주몽이 왕위를 계승하였다. 주몽은 아들 둘을 낳았는데 맏아들이 '비류'(沸流)고, 작은아들이 '온조'(溫祚)였다. 〔혹은 주몽이 졸본에 와서 월군(越郡)의 여자에게 장가들어 두 아들을 낳았다고도 한다.〕

　한편 주몽은 북부여에서 예씨가 낳은 아들 '유리'가 찾아오자 그를 태자로 삼았다. 그러자 비류와 온조는 태자가 자신들을 받아들이지 않을까 두려워 오간(烏干)과 마려(馬黎) 등 신하 열 명과 함께 남쪽으로 떠났는데 따르는 백성이 많았다. 그들은 마침내 한산(漢山 : 지금의 서울 북한산)에 이르러 부아악(負兒嶽 : 지금의 서울 북한산 백운대)에 올라가 살 만한 땅을 찾아보았다. 비류는 바닷가에 살기를 원했으나 열 명의 신하들은 다음과 같이 건의했다.

"이 하남(河南)의 땅은 북쪽으로는 한강이 둘러 있고, 동쪽으로는 높은 산을 의지하고 있으며, 남쪽으로는 기름진 땅이 바라다보이고, 서쪽으로는 큰 바다가 막고 있습니다. 이렇게 천혜의 요충지이면서 살기 좋은 땅은 얻기 어렵습니다. 여기에 도읍을 세우는 것이 좋지 않겠습니까?"

그러나 비류는 그 말을 듣지 않고 백성을 나누어 미추홀(彌鄒忽 : 지금의 인천)로 가서 살았다.

한편 온조는 하남 위례성(慰禮城 : 지금의 서울특별시 송파구 풍납토성으로 추정됨)에 도읍을 정한 뒤 열 명의 신하에게 보좌하게 하고 나라 이름을 '십제'(十濟)라 하였다. 기원전 18년의 일이다.

비류는 미추홀이 토지가 습하고 물맛이 짜서 편하게 살 수가 없자, 위례성으로 돌아와 둘러보았더니 도읍이 안정되고 백성이 평안하였다. 결국 비류는 후회하다가 죽었고, 비류의 신하와 백성들은 모두 위례성으로 돌아오게 되었다. 나중에 위례성으로 온 백성들이 즐거이 따르므로 국호를 백제(百濟)로 고쳤다. 백제 왕실의 계보는 고구려와 함께 부여에서 나왔으므로 부여(扶餘)를 성씨로 삼았다.

다른 이야기가 있으니 다음과 같다.

백제의 시조는 비류왕(沸流王)이다. 그의 아버지 우태(優台)는 북부여 왕 해부루의 서손(庶孫: 서자의 아들)이고, 그의 어머니는 졸본 사람인 연타발(延陁勃)의 딸 소서노(召西奴)이다. 소서노는 우태에게 시집와서 아들 둘을 낳았는데, 맏이가 비류고 둘째가 온조다. 소서노는 우태가 죽자 졸본에서 홀로 살았다. 그후 주몽이 부여에서 받아들여지지 못하자 기원전 37년 봄 2월에 남쪽으로 달아나 졸본에 이르러 도읍을 세우고 국호를 '고구려'라 한 뒤 소서노를 맞아 왕비로 삼았다. 소서노는 고구려 건국에 크게 내조했으므로 주몽이 각별하게 총애하였고, 비류와 온조를 친자식처럼 대했다.

그 뒤 부여의 예씨(禮氏)에게서 낳은 아들 유류(孺留)가 찾아오자 주몽은 그를 태자로 삼아 왕위를 계승하게 했다. 그러자 비류는 아우 온조에게 말했다.

"처음 대왕이 부여의 난리를 피해 이곳으로 도망쳐 왔을 때, 우리 어머니께서는 가산을 기울여 가며 도와 나라를 세우는 데 공로가 많았다. 하지만 지금 대왕께서 돌아가시자 나라가 유류에게 귀속되고 말았다. 우리가 여기서 공연히 혹처럼 답답한 신세로 지내느니 어머니를 모시고 남쪽으로 가서 좋은 터를 골라 따로 나라를 세우는 게 낫겠다."

마침내 비류는 아우 온조와 함께 무리를 거느리고 패수(浿水: 지금의 황해도 예성강으로 추정)와 대수(帶水: 지금의 함경남도 임진강)를 건너 미추홀에 이르러 자리를 잡았다.

한편 『북사』(北史) 및 『수서』(隋書)에는 다음과 같은 기록이 있다.

"동명의 후손 중에 구태(仇台)라는 이가 있었는데, 매우 어질고 신실하였다. 처음에 대방(帶方)의 옛 땅에 나라를 세웠다. 한나라 요동태수 공손도(公孫度)가 딸을 구태의 아내로 주어 드디어 동이(東夷)의 강국이 되었다."

어느 것이 옳은지 알 수 없다.

백제가 부여와 고구려의 계통을 이었다는 것을 보여 준다. 부여계의 비류와 온조가 고구려에서 남하하여 각기 성읍 국가를 세웠고, 그 후 온조가 비류의 세력을 흡수·병합하여 연맹 왕국의 단계인 백제를 이룬 사실을 말해 주고 있다. 한편 그러한 사실과 더불어 전해 오는 조금 다른 백제의 시조(始祖)에 대한 설(說)들도 덧붙였지만 어느 것이 사실인지는 확인할 수 없다고 하였다. 그 각각의 설을 일일이 실어 놓은 것은 부족한 백제 성립 시기의 사실들을 유추하는 데 의미가 있기 때문일 것이다.

박혁거세와 알영의 나라

신라 시조의 성은 박씨(朴氏)이고, 이름은 혁거세(赫居世)다. 기원전 57년 여름 4월에 즉위하여 왕호를 '거서간'(居西干)이라 하고 국호를 '서나벌'(徐那伐)이라 했는데, 이때 13세였다.

일찍이 고조선의 유민들은 산골짜기에 흩어져 살며 여섯 촌락을 이루었다. 이것이 진한(辰韓)의 6부(六部)가 되었다.

어느 날, 고허촌(高墟村)의 촌장 소벌공(蘇伐公)은 양산(楊山) 기슭의 나정(蘿井) 옆 수풀 속에서 웬 말이 무릎을 꿇고 우는 것을 보았다. 가서 살펴보니 어느새 말은 사라져 보이지 않고 큰 알만 놓여 있었다. 알을 깨뜨리자 어린 아기가 나오기에 그 아기를 데려다 길렀다. 아이는 10여 세가 되자 월등하게 성장하였다. 6부 사람들은 그가 신이하게 출생했다고 높이 받들었는데, 이때 와서 그를 임금으로 삼은 것이다.

진한 사람들은 '호'(瓠)를 '박'이라고 했는데, 처음 그가 나온 큰 알이 박만 했다고 하여 성을 '박'으로 삼았다. 진한에서는 왕을 '거서간'이라 불렀다.

5년(기원전 53) 봄 정월에 용 한 마리가 알영(閼英) 우물에 나타나 오른쪽 옆구리에서 여자아이를 낳았다. 한 할머니가 이것을 보고 이상하게 여겨 데려다 기르고, '알영'이라는 우물 이름을 아이의 이름으로 삼았다. 알영은 덕성스럽고 아름답게 자랐다. 시조 혁거세가 이 사실을 듣고 알영을 왕비로 맞아들였다. 왕비가 어진 행실로 내조를 잘하자 당시 사람들은 시조와 왕비를 '두 성인'이라 일컬었다.

신라의 시조 박혁거세와 관련된 신화들이다. 알에서 태어난 시조 신화와 더불어 신라가 여러 세력을 통합하고 합의를 거쳐 나라를 세운 역사적 사실을 함께 다루고 있다. 그리고 대개의 시조 신화에는 하늘의 자손과 정을 나누어 시조를 낳는 모성이 등장하여 그 나라의 안녕과 농사의 풍요를 관장하는 여성 신의 역할을 담당한다. 대신 신라에서는 시조의 배필인 왕후의 탄생을 신이하게 구성하여 왕과 왕비의 성덕에 후광을 더하였다.

잇자국으로 왕이 된 유리 이사금

유리 이사금(儒理尼師今, 재위 24~57)이 왕위에 오르니, 남해 차차웅(南解次次雄, 재위 4~24)의 태자이다.

남해왕이 죽었을 때 유리가 왕위에 오르는 것이 마땅했으나 대보(大輔: 신라 초기의 최고 관직)인 탈해(脫解)가 평소 덕망이 있어 유리가 탈해에게 왕위를 양보하였다. 그러자 탈해가 이렇게 말했다.

"임금의 자리는 보통 사람이 감당할 수 없습니다. 제가 듣기로 임금의 지혜를 가진 사람에겐 치아가 많다고 합니다."

그리하여 떡을 물어 시험해 보니 유리의 잇자국이 더 많았다. 곧 신하들이 유리를 받들어 왕으로 세우고, 왕호를 '이사금'이라 하였다.

예로부터 전해 오는 말은 위와 같은데, 김대문[1]은 다음과 같이 말했다.

"이사금은 방언으로 잇자국을 말한다. 옛날에 남해가 죽기 전 아들 유리와 사위 석탈해에게 말하기를 '내가 죽은 뒤 너희 박·석 두 성씨 중에 나이 많은 사람이 왕위를 잇도록 하라'고 하

1_ 김대문(金大問, 생몰년 미상): 신라의 학자이자 문장가로, 704년에 한산주총관(漢山州摠管)에 임명된 바 있다. 그가 남긴 저서인 『계림잡전』(鷄林雜傳), 『화랑세기』(花郎世記) 등은 현재 전해지지 않으나 『삼국사기』의 신라 역사 편찬에 중요한 자료로 활용되었다.

였다. 그 후 김(金)씨 성이 또 발흥하니 세 성씨 가운데 나이 많은 사람이 서로 왕위를 이었다. 그리하여 왕을 이사금이라 부르게 되었다."

떡을 물어 찍힌 치아의 수가 많은 사람이 연식이 더 많은 사람이라는 일반의 이야기가 정치적으로 활용되었을 것이다. 사실상 백성들에게 신망을 받은 사람은 탈해였을 것으로 보인다. 아마도 유리왕이 신라의 제3대 왕으로 먼저 왕좌에 오르고 이후 탈해가 그 뒤를 잇는다는 정치 세력 간의 조정과 합의가 있었을 것이다. 탈해는 신라의 제4대 왕이 된 석탈해이다.

재주를 인정받아 왕이 된 석탈해

탈해 이사금(脫解尼師今, 재위 57~80)이 왕위에 올랐다. 이때 그는 62세였다. 성은 석(昔)이고, 왕비는 아효(阿孝) 부인이다.

탈해는 본래 다파나국(多婆那國)에서 태어났다. 그 나라는 왜국(倭國)에서 동북쪽으로 1천 리 떨어진 곳에 있다. 다파나국 왕은 여인국 왕의 딸을 아내로 맞았다. 왕비는 임신한 지 7년 만에 큰 알을 낳았다. 그러자 왕이 말했다.

"사람이 알을 낳다니 상서롭지 못하다. 당장 버리도록 하라!"

그러나 왕비는 차마 알을 버릴 수 없어 알을 비단으로 싼 다음 보물과 함께 상자에 넣어 바다에 띄워 보냈다.

상자는 처음에 금관국(金官國: 가야국)의 바닷가에 닿았는데 금관국 사람들이 괴이하게 여겨 열어 보지 않았다. 상자는 다시 진한(辰韓)의 아진포(阿珍浦: 지금의 경상북도 영일로 추정) 어귀에 이르렀다. 이때는 시조 혁거세 재위 39년(기원전 19)이 되는 해였다. 마침 바닷가에 사는 할머니가 상자를 발견하고 상자에 밧줄을 걸어 해안으로 끌어올렸다. 상자를 열어 보니 한 아이가 들어 있었다. 할머니는 그 아이를 거두어 자식으로 길렀다. 장성한 아이는 9척 키와 수려한 풍모에 누구보다 지혜로웠다.

누군가 이렇게 말했다.

"이 아이의 성씨를 알 수 없으니 이렇게 합시다. 상자가 떠내려왔을 때 까치 한 마리가 날아와 울면서 따라왔으니 '까치 작(鵲)' 자를 간략히 해 '석'(昔)으로 성씨를 삼읍시다. 또 상자를 풀어서 아이가 나왔으니 '탈해'(脫解)라 이름을 짓는 것이 좋겠습니다."

처음에 탈해는 고기잡이로 어머니를 봉양하며 한시도 게으름을 피우지 않았다. 그러던 어느 날 어머니가 이렇게 말했다.

"너는 평범한 사람이 아니란다. 골상이 특이하니 공부를 열심히 해서 큰 공을 세우고 이름을 날려야 한다."

그리하여 탈해는 학문에 전념하였다. 아울러 지리에 대해서도 알게 되었다. 그는 양산(楊山) 아래 있는 호공(瓠公)의 집터를 보고 길한 땅이라 여겨 속임수를 써서 빼앗아 살았다. 그 땅이 뒷날 월성[1] 터가 되었다.

남해왕 5년(8), 왕은 탈해가 현명하다는 소문을 듣고 딸을 탈해에게 시집보냈다. 남해왕 7년에는 탈해를 등용해 대보(大輔)로 삼고 정사를 맡겼다.

유리왕은 임종할 때 이렇게 말했다.

1_ 월성(月城): 신라 시대의 왕성 중 하나로, 반월성(半月城) 또는 신월성(新月城)이라고도 한다.

"선왕께서 유언하시기를 '내가 죽은 뒤에는 아들이냐 사위냐를 따지지 말고, 나이 많고 어진 사람에게 왕위를 잇게 하라'고 하셨다. 그래서 과인이 먼저 왕위에 올랐으니 이제는 탈해에게 왕위를 전해야 마땅하다."

바다에 띄워진 상자에서 발견된 아이라는 설정으로 미루어 볼 때, 석탈해는 먼 곳에서 바다를 건너 배를 타고 신라로 들어온 해양 세력이었을 것으로 추정된다. 탈해가 호공의 집을 빼앗는 일화는 『삼국유사』(三國遺事)에 자세하게 전한다. 그 일화를 통해 탈해가 야금(冶金) 기술을 가진 집단과 함께 바다를 건너 신라로 들어왔음을 알 수 있다. 이들은 신라를 건국한 박씨 계통과 손을 잡으며 신라의 지배층이 되고, 탈해는 신라의 제4대 왕이 되었을 것이다.

김씨 왕의 시조 김알지

금빛 상자 속의 아이

탈해 이사금 9년(65) 봄 3월, 왕이 밤에 금성(金城) 서쪽 시림(始林)의 나무 사이에서 닭이 우는 소리를 들었다. 날이 새자 호공(瓠公)을 보내 살펴보게 했더니, 금빛의 작은 상자가 나뭇가지에 걸려 있고 흰 닭이 그 밑에서 울고 있었다. 호공이 돌아와 왕에게 이 사실을 아뢰자, 왕은 상자를 가져와 열게 했다. 상자 안에는 작은 사내아이가 있었는데 자태와 용모가 빼어났다. 왕이 기뻐하며 신하들에게 말했다.

"이 아이는 하늘이 내게 주신 자식이 아니겠는가!"

그리하여 거두어 길렀다. 아이가 성장하자 총명하고 지략이 뛰어났으므로 이름을 '알지'(閼智)라 하였다. 또 그가 금빛 상자에서 나왔으므로 성을 김씨로 하였다. '시림'은 '계림'(鷄林)으로 바꾸고, 이것을 국호로 삼았다.

신라의 왕통을 이은 김알지의 후손

미추 이사금(味鄒尼師今, 재위 262~284)이 즉위하니 성은 김씨이다.

그의 선조 김알지가 계림에서 출생하자 탈해왕이 데려와 궁중에서 기르고 훗날 대보(大輔)로 삼았다. 알지가 세한(勢漢)을 낳고, 세한이 아도(阿道)를 낳고, 아도가 수류(首留)를 낳고, 수류가 욱보(郁甫)를 낳고, 욱보가 구도(仇道)를 낳으니, 구도는 바로 미추왕의 아버지이다. 첨해 이사금(沾解尼師今, 재위 247~261)에게 아들이 없자 나라 사람들이 미추를 왕으로 세웠다. 이리하여 처음 김씨가 나라를 차지하게 된 것이다.

김알지(金閼智, 65~?)의 후손들이 신라를 계승한 유래를 기록하였다. 김알지는 왕위에 오르지 못했지만 그의 7대 후손인 미추왕(신라 제13대 왕)이 초대 김씨 왕이 되었다. 신라 건국 이후로 여러 집단이 계속 신라에 들어왔다. 그중 탈해의 석씨 계통과 알지의 김씨 계통이 큰 세력을 이루어 신라의 왕위를 차지하기에 이르렀다. 그래서 혁거세의 개국 신화 외에도 국가 형성 과정에 유입된 석탈해와 김알지에 관한 기원 신화가 함께 전해지고 있는 것이다.

저절로 밥이 되는 솥

저절로 밥이 되는 솥

저절로 밥이 되는 솥

고구려 대무신왕(大武神王, 재위 18~44)이 왕위에 오르니 이름은 무휼(無恤)로, 유리왕의 셋째 아들이다. 나면서부터 총명하고 지혜로웠으며, 장성해서는 웅걸하고 큰 지략이 있었다. 유리왕 33년(14)에 태자로 책봉되었다. 그때 그의 나이가 11세였다. 어머니 송씨(松氏)는 다물국 왕 송양[1]의 딸이다.

대무신왕 2년(19) 봄 정월에 수도에 지진이 있었다. 이에 죄수를 크게 사면했더니 백제의 백성 1천여 호(戶)가 투항해 왔다.

3년(20) 봄 3월에 동명왕의 사당을 세웠다. 그해 가을 9월에 왕이 골구천(骨句川)에서 사냥하다 신마(神馬)를 얻어 '거루'(駏驉)라 이름 붙였다.

그해 겨울 10월에 부여 왕 대소(帶素)가 고구려에 사신을 보내 붉은 까마귀를 선물했는데, 머리는 하나에 몸은 둘이었다. 당초에 부여 사람이 이 까마귀를 잡아 부여 왕에게 바치자 어떤 사

1_ 다물국(多勿國) 왕 송양(松讓): 송양은 비류국(沸流國)의 왕이었는데 기원전 36년에 주몽과 대결하다 나라를 들어 항복한 바 있다. 그러자 주몽은 송양이 다스리던 땅을 '다물도'(多勿都)로 삼은 뒤 다시 송양에게 주어 다스리게 했다.

람이 왕에게 말했다.

"까마귀는 본디 검은 것인데 지금 이것은 붉게 변해 버렸고, 또 머리는 하나인데 몸은 둘입니다. 이것은 두 나라를 병합할 징조이니 왕께서 장차 고구려를 차지하실 것입니다."

대소가 기뻐하며 이 까마귀를 고구려에 보내면서 어떤 사람의 말을 함께 전했다.

대무신왕은 신하들과 의논하여 대소에게 답했다.

"검은색은 북방의 색인데 지금 남방의 색인 붉은색으로 변했습니다.[2] 또 붉은 까마귀는 상서로운 물건인데 그대는 이것을 얻고도 가지지 않고 내게 보냈으니 두 나라 중에 과연 어떤 나라가 망하겠습니까?"

대소는 이 말을 듣고 놀라며 후회하였다.

4년(21) 겨울 12월에 왕이 군사를 내어 부여를 치러 가다가 비류수 가에 당도했다. 이때 물가를 바라보니, 마치 웬 여인이 솥을 들고 노는 것 같았는데 다가가서 보니 솥뿐이었다. 그 솥으로 밥을 짓게 했더니 불을 때지 않았는데도 솥이 저절로 데워져 밥이 되어 군사들 모두를 배불리 먹일 수 있었다. 그런데 갑자기 한 사내가 나타나서 말했다.

"이 솥은 우리 집 물건으로 내 누이가 잃어버린 것입니다.

2_ 검은색은 북방의~붉은색으로 변했습니다: 오행(五行)의 원리에 따라 방위마다 해당하는 색이 있다. 북방은 검은색을, 남방은 붉은색을 나타낸다. 그리고 서방은 하얀색, 동방은 푸른색, 중앙은 노란색이다.

지금 왕께서 가지고 계시니 제가 이 솥을 지고 왕을 따라가게 해 주십시오."

그러자 왕은 그에게 부정씨(負鼎氏)[3]라는 성을 내려주었다.

한편 이물림(利勿林)에 이르러 묵게 되었는데 밤에 쇳소리가 들렸다. 날이 밝자 찾아보게 했더니 금으로 만든 옥새와 무기 등을 얻었다. 왕은 하늘이 내려주신 것이라며 절을 하고 받았다.

길에서 웬 사람을 만났는데 키는 9척이나 되는데다 얼굴은 희고 눈엔 광채가 있었다. 그가 왕에게 절하더니 이렇게 말했다.

"저는 북명(北溟) 사람 괴유(怪由)입니다. 대왕께서 북쪽으로 부여를 정벌하러 가신다고 들었습니다. 부디 제가 따라가서 부여 왕의 머리를 가져오게 해 주십시오."

왕은 기꺼이 허락했다. 그런데 또 한 사람이 나와 말했다.

"저는 적곡(赤谷) 사람 마로(麻盧)입니다. 긴 창을 들고서 길잡이를 하게 해 주십시오."

또한 왕이 허락했다.

3_ 부정씨(負鼎氏): 부정씨는 '솥을 지는 사람'이라는 뜻이다. 부정씨는 군량을 댈 수 있는 능력을 가진 사람이었을 것이다.

영토 개척 전쟁

5년(22) 봄 2월에 왕은 부여국 남쪽으로 진군하였다. 진창길이 많은 지역이라 왕은 마른 평지를 골라 군영을 만들고 말안장을 풀어 군사들을 쉬게 했는데 두려워하는 기색이라곤 없었다.

한편 부여 왕은 온 나라의 군사를 동원해 전쟁에 나섰다. 부여 왕은 고구려 군이 대비하지 않을 때 덮치려고 말을 채찍질하며 전진했으나 진창에 빠져 나아갈 수도 물러날 수도 없었다. 그러자 대무신왕이 괴유를 내보냈다. 괴유가 칼을 빼 들고 고함을 지르며 공격하니 부여의 1만여 군사가 쓰러지고 흩어져 버티지 못했다. 괴유는 곧바로 달려가 부여 왕을 잡아 목을 베었다. 부여 사람들은 이미 왕을 잃고 기세가 꺾였지만 여전히 굴복하지 않고 몇 겹으로 고구려 군을 포위해 왔다.

왕은 군량이 떨어져 병사들이 굶주리자 근심 걱정으로 어찌할 바를 몰라 하늘에 빌었다. 그러자 홀연 짙은 안개가 끼더니 7일 동안 지척에서도 사람과 사물을 알아볼 수가 없었다. 왕은 짚으로 만든 허수아비에 무기를 들려 군영 안팎에 세워서 병사인 것처럼 꾸며 놓고, 군사들을 밤에 몰래 샛길로 탈출시켰다. 이때 골구천에서 얻은 신마 거루와 비류수에서 얻은 큰 솥을 잃어버렸다. 이물림에 도착했지만 군사들은 굶주려서 일어서지도 못할 지경인지라 들짐승을 잡아서 먹였다.

왕은 나라로 돌아와 여러 신하들을 불러 모으고 군사들을 위로하는 연회를 베풀면서 말했다.

"내가 덕이 없어 경솔하게 부여를 공격했다. 비록 그 왕을 죽이긴 했지만 그 나라를 멸망시키지는 못했고, 또 우리 군사와 물자를 많이 잃었으니 이것은 내 과오다."

그런 뒤 죽은 이를 조문하고 병든 이를 위문하며 백성을 살피고 위로하였다. 이 때문에 나라 사람들이 왕의 덕성과 신의에 감복해 모두 나랏일에 몸 바치고자 하였다.

봄 3월에 신마 거루가 부여의 말 100필을 이끌고 학반령(鶴盤嶺) 아래 차회곡(車廻谷)으로 돌아왔다.

가을 7월에 부여 왕의 사촌 동생이 그 나라 백성들에게 말했다.

"우리 선왕께서 돌아가시고 나라는 멸망해 백성들이 의지할 데가 없어졌다. 왕의 아우는 도망쳐 갈사(曷思)에 도읍을 정했다. 나 또한 어리석어서 나라를 부흥시킬 수가 없다."

그러고는 곧 1만여 명과 함께 고구려로 와서 항복했다.

9년(26) 겨울 10월에 왕이 친히 개마국(蓋馬國)을 정벌하여 그 나라 왕을 죽이고 백성들을 위로했다. 군사들에게는 그 백성들을 약탈하지 못하게 하고, 다만 그 지역을 군(郡)과 현(縣)으로 삼을 뿐이었다. 12월에 구다국(句茶國) 왕은 개마국이 멸망했다는 소식을 듣고 자기에게 해가 미칠까 두려워 나라를 들어 항복해 왔다. 이리하여 개척한 영토가 점점 넓어졌다.

20년(37)에 왕이 낙랑(樂浪)을 습격해 멸망시켰다.

27년(44) 겨울 10월에 왕이 죽으니 대수촌원(大獸村原)에 장사 지내고, 왕호를 대무신왕(大武神王)이라 하였다.

고구려 제3대 왕인 대무신왕은 하늘의 온갖 도움을 받으며 영토 개척의 선두 주자로 활약하였다. 잃어버렸던 신마 거루가 부여의 말들을 거느리고 돌아오는 장면의 장쾌함, 저절로 밥이 되는 솥을 얻어 전군이 배 터지게 밥을 지어 먹는 장면의 뿌듯함, 대무신왕의 군대가 주변국을 하나씩 정복해 가는 전승의 기록들 등 대무신왕의 기사는 방대한 스케일의 정복 전쟁 역사와 환상적인 소잿거리들이 절묘하게 직조된 웅혼한 서사시이다.

길에서 울고 있는 백성들을 위해

고국천왕(故國川王, 재위 179~197) 16년(194) 가을 7월에 서리가 내려 곡식이 죽어 백성들이 굶주리니 창고를 열어 구제했다. 그해 겨울 10월에 왕이 질양(質陽)으로 사냥 갔다가 길에서 주저앉아 울고 있는 이를 보았다. 그에게 왜 우는지 물으니 이렇게 대답했다.

"저는 가난해서 늘 품을 팔아 어머니를 봉양했습죠. 그런데 올해는 흉년이라 품을 팔 곳이 없어 한 말 한 되의 곡식도 구할 수가 없습니다. 그래서 웁니다."

그러자 왕이 말했다.

"어허! 내가 백성의 부모가 되어 백성을 이 지경에 이르게 했으니 내 죄로다."

그러고는 옷가지와 음식을 지급해 보살펴 주었다. 아울러 중앙과 지방의 관에 명령을 내려 널리 홀아비, 과부, 고아, 자식 없는 늙은이 그리고 늙고 병들고 가난하여 스스로 살아갈 수 없는 이들을 찾아 구휼하게 했다.

또 담당 관리에게 명령을 내려 매년 봄 3월부터 가을 7월까지 관가의 곡식을 내어 주게 했다. 백성들의 식구 수에 따라 차등 있게 구휼하고 빌려 주었다가 겨울 10월에 상환하는 것을 법규로 삼았다. 이에 온 나라 백성들이 크게 기뻐하였다.

19년(197)에 중국이 크게 어지러워져 난리를 피해 투항해 오는 한(漢)나라 사람이 대단히 많았다.
그해 여름 5월에 왕이 죽자 고국천원(故國川原)에 장사 지내고, 시호를 고국천왕이라 하였다.

고구려 제9대 왕인 고국천왕이 시행한 빈민 구제법인 '진대법'(賑貸法)의 자세한 내용을 알 수 있다. 진대법의 시행은 국내 백성들의 생활을 안정시켜 왕정을 유지·강화하기 위해서였다. 이 무렵부터 보다 강력한 왕정 체제를 갖추어 가고 있었음을 알 수 있다. '고국천왕'이라는 시호가 붕어(崩御)한 뒤 장사 지낸 곳인 고국천원에서 유래했다는 것도 과거 왕들의 시호와 관련하여 흥미롭게 볼 수 있다.

두 왕의 왕후가 된 우씨

고국천왕이 죽었을 때 왕후 우씨(于氏)는 왕의 죽음을 비밀에 부치고 발설하지 않은 채 밤에 왕의 아우 발기(發岐)의 집으로 가서 말했다.

"왕의 뒤를 이을 아들이 없으니 그대가 왕위를 계승하는 것이 마땅합니다."

발기는 왕이 죽은 것을 모르고 대답했다.

"하늘의 운수는 정해져 있는 것이니 경솔히 의논할 수 없습니다. 게다가 부인네가 밤에 나다니는 것을 어찌 예(禮)라 할 수 있겠습니까?"

왕후는 부끄러워 다시 왕의 다른 아우인 연우(延優)의 집으로 갔다. 연우는 일어나 의관을 갖추고 문에 나와 맞이하며 자리에 앉히고 주연을 베풀었다. 왕후가 말했다.

"대왕께서 돌아가시고 아들이 없으니 발기가 맏아우로서 당연히 왕위를 계승해야 하지만, 그는 제가 다른 마음이 있다며 사납고 무례하게 대했습니다. 그래서 그대를 만나 보러 왔습니다."

그러자 연우는 더욱 예우하며 손수 칼을 들고 고기를 베었는데 잘못해서 손가락을 다쳤다. 왕후는 치마끈을 풀어 연우의 다친 손가락에 감아 주었다. 왕후는 돌아가려 하면서 연우에게 말했다.

"밤이 깊어 뜻밖의 사태가 생길까 두려우니 그대가 나를 궁궐까지 데려다 주십시오."

연우가 따르니 왕후는 그의 손을 잡고 궁궐로 들어갔다.

다음 날 동이 틀 무렵, 왕후는 선왕이 남긴 유언이라고 꾸며서 여러 신하로 하여금 연우를 옹립해 왕으로 삼게 했다.[1] 발기가 듣고 크게 노하여 군사들로 왕궁을 에워싸고 외쳤다.

"형이 죽으면 아우가 그 뒤를 잇는 것이 예법이거늘, 네가 차례를 뛰어넘어 왕위를 찬탈하니 크나큰 죄다. 속히 나와라. 그렇지 않으면 네 처자식들까지 죽여 버리겠다."

그러나 연우는 3일 동안 궁문을 닫고 나오지 않았으며, 나라 사람들 중에 발기를 따르는 자도 없었다. 발기는 일이 어렵다는 것을 알고 처자를 데리고 요동(遼東)으로 달아나 요동태수 공손도(公孫度)를 만나 말했다.

"나는 고구려 왕 남무(男武: 고국천왕의 이름)의 친동생입니다. 형 남무가 아들 없이 죽자 내 아우 연우가 형수 우씨와 함께 공모해 왕위에 올라 천륜이라는 큰 의리를 저버렸습니다. 이때문에 분노하여 상국(上國)으로 왔으니, 부디 군사 3만을 빌려 주시어 저들을 치고 분란을 평정할 수 있게 해 주십시오."

1_ 연우를 옹립해 왕으로 삼게 했다: 연우는 고구려의 제10대 왕으로 즉위하였으니, 곧 산상왕(山上王, 재위 197~227)이다.

공손도가 그의 말을 따랐다.

연우는 아우 계수(罽須)를 보내 군대를 이끌고 가서 막게 하였다. 한나라 군사는 크게 패했고, 계수는 스스로 선봉이 되어 달아나는 적을 추격했다. 그러자 발기가 계수에게 말했다.

"네가 지금 늙은 형을 해치려는 게냐?"

계수는 형제간에 정이 없을 수 없는지라 감히 그를 해치지 못하고 말했다.

"연우가 나라를 사양하지 않은 것은 비록 대의가 아닙니다만, 형님은 한때의 노여움으로 조국을 멸망시키려고 하니 대체 무슨 생각입니까? 죽은 뒤에 무슨 면목으로 선조를 뵈려 합니까?"

발기는 이 말을 듣고 부끄러움을 이기지 못해 배천(裴川)까지 달아나 스스로 목을 찔러 죽었다. 계수는 슬피 울며 발기의 시체를 수습해 풀로 덮어 장사 지내고 돌아왔다.

왕은 한편으로는 슬프면서도 한편으로는 기뻐서 계수를 침소로 불러 형제의 예로 편하게 대하며 말했다.

"발기가 다른 나라에 군사를 요청해 우리나라를 침공했으니 이보다 더 큰 죄는 없다. 지금 너는 발기를 물리치고도 그냥 놓아주고 죽이지 않았으니 그것으로 족하다. 그런데 발기가 자결하자 너는 매우 슬프게 울었다지. 너는 내가 무도하다고 생각하는 것이냐?"

계수가 서글프게 눈물을 머금고 대답했다.

"저는 이제 한말씀 드리고 죽기를 청합니다."

왕이 무슨 말이냐고 묻자 계수가 다음과 같이 말했다.

"왕후께서 선왕의 유언으로 형님을 대왕으로 세웠다지만, 대왕께서는 예로써 사양하지 않았으니 형제간의 의리를 잃으신 것입니다. 저는 대왕의 미덕을 드러내고자 일부러 발기의 시신을 거둔 것인데, 어찌 이 때문에 대왕의 노여움을 살 것이라고 생각했겠습니까? 대왕께서 어진 마음으로 발기의 죄악을 잊으시고 형의 죽음에 합당한 예로 장사 지내 준다면 누가 대왕을 의롭지 않다고 하겠습니까? 저는 이 말씀을 드렸으니 죽더라도 사는 것과 같습니다. 이제 나가서 처형을 받겠습니다."

왕이 그의 말을 듣더니 가까이 다가와 따뜻한 낯빛으로 위로하며 달랬다.

"내가 못나서 너를 의심하였는데 이제 네 말을 듣고 보니 진실로 내 잘못을 알겠다. 너는 책망하지 말아다오."

그러자 왕자 계수가 절을 올렸고, 왕 또한 절을 하고서 한껏 즐기다 자리를 마쳤다.

가을 9월에 왕은 담당 관리에게 명해 발기의 관을 모셔와 왕의 예를 갖추어 배령(裵嶺)에 장사 지내게 하였다. 왕은 본래 왕

후 우씨 덕분에 왕위에 올랐으므로 다시 장가들지 않고 우씨를
왕후로 삼았다.

부여에서는 형이 죽으면 동생이 형수를 아내로 삼았다고 하는데, 고구려 초기에도 그
영향이 있었던 것으로 보인다. 고대 국가의 혼인에서 동족 집단끼리 상호 부조라는 의
미에서 과부가 된 형수를 아내 삼아 그 여생을 돌본 것으로 이해되기도 한다. 그런데 산
상왕의 30년 재위 기간의 기록은 거의 여자와의 스캔들로 이루어져 있다. 형수를 왕후
로 삼은 이야기 이후에는 민가의 여자와 만나 왕위를 계승할 아이를 낳은 이야기가 전
개된다. 산상왕이 재위한 시기가 왕후 세력의 변동 등 왕권 내부의 세력이 재정리되는
시기였기 때문이 아닐까 싶다.

소금 장수 을불

고구려 미천왕(美川王, 재위 300~331)은 이름이 을불(乙弗)로, 서천왕(西川王, 재위 270~292)의 아들 고추가(古鄒加: 고구려 귀족의 칭호) 돌고(咄固)의 아들이다.

애초에 봉상왕[1]은 아우인 돌고가 다른 마음을 품고 있다고 의심해 그를 죽였다. 돌고의 아들 을불은 자신도 해를 입을까 두려워 달아났다. 을불은 처음에 수실촌(水室村)의 음모(陰牟)라는 사람의 집에서 머슴살이를 했는데, 음모는 을불이 어떤 사람인지 알지 못하고 매우 고되게 부려 먹었다. 그 집 옆에 있는 늪에서 개구리가 울어 대면 을불을 시켜 밤에 기와와 돌을 던져서 개구리가 울지 못하게 했다. 또 낮에는 땔나무를 해 오게 하여 잠시도 쉴 겨를을 주지 않았다. 을불은 고생을 견딜 수 없어 1년 만에 그곳을 떠났다.

그 뒤 을불은 동촌(東村) 사람 재모(再牟)와 함께 소금 장사를 했다. 어느 날 배를 타고 압록강으로 가서 소금 짐을 내리고 강 동쪽 사수촌(思收村)의 민가에 머물렀다. 그 집의 노파가 소금을 달라고 하여 한 말 정도를 주었는데 또 달라고 하자 주지 않았다. 그 노파는 앙심을 품고 몰래 자기 신발을 소금 속에 넣

1_ 봉상왕(烽上王, 재위 292~300): 서천왕의 태자로, 서천왕의 뒤를 이어 왕위에 올랐다.

어두었다. 을불은 이를 모른 채 소금을 메고 길을 떠났는데 노파가 쫓아와 신을 찾아내고는 을불이 신발을 숨겼다고 모함하여 압록의 태수에게 고발했다. 태수는 노파에게 신발 값으로 소금을 받아 주고, 을불은 곤장을 친 뒤 풀어 주었다. 이리하여 을불은 야윈 모습에 옷가지는 남루하여 누구도 그가 왕손임을 알아보지 못했다.

이때 재상 창조리(倉助利)가 봉상왕을 폐위시키려고 먼저 북부의 조불(祖弗)과 동부의 소우(蕭友) 등에게 산과 들로 을불을 찾아다니게 했다. 그러다 비류하(沸流河) 기슭에서 배를 타고 있는 웬 장부를 보게 되었는데 얼굴은 초췌했지만 행동이 평범하지 않았다. 소우 등은 그가 을불이지 않을까 싶어 나아가 절하고 말했다.

"지금 국왕이 무도해서 재상 창조리와 여러 신하가 왕을 폐위하려고 은밀하게 도모하고 있습니다. 왕손께서는 몸가짐이 바르시고 인자하여 백성을 사랑하시니 왕위를 이으실 분입니다. 그래서 저희들을 보내 받들어 모시게 한 것입니다."

을불은 의심스러워하며 말했다.

"나는 시골 사람이지 왕손이 아닙니다. 다시 살펴보시지요."

소우 등이 말했다.

"지금 왕은 인심을 잃은 지 오래되어 진정 나라의 주인이 될

수 없습니다. 그래서 여러 신하가 왕손을 간절하게 바라는 것이
니 의심하지 마십시오.”

이렇게 하여 을불을 받들고 돌아오니 재상 창조리는 기뻐하
며 조맥(鳥陌) 남쪽에 있는 집에 남몰래 모셔 두었다.

봉상왕 9년(300) 가을 9월에 왕이 후산(侯山) 북쪽으로 사
냥을 나갔다. 이때 재상 창조리가 따르며 여러 사람에게 말했다.

“내 마음과 같은 사람은 나를 따라 하시오.”

창조리가 갈잎을 관에 꽂으니 모인 사람들 모두 갈잎을 관에
꽂았다. 창조리는 사람들의 마음이 모두 같다는 것을 알고는 함
께 봉상왕을 폐위시켜 별실에 가두고 군사들에게 지키게 하였
다. 그리고 왕손 을불을 모셔와 옥새를 바치고 왕위에 오르게 하
였다.

고구려 제15대 왕인 미천왕은 즉위 전에 사회 밑바닥에서 심한 고생을 해 보았기에 왕
이 된 뒤 가난한 백성들을 잘 배려하는 왕이 되었다. 그리고 미천왕은 당시 한반도에 있
던 중국 세력들을 완전히 몰아내는 등 고구려 영토 확장에도 크게 기여했다. 거기엔 소금
장수 을불 시절 이곳저곳을 떠돌며 경험했던 고구려 영토 체험도 일조를 했을 것이다.

태자의 말발굽 자국

백제 근구수왕(近仇首王, 재위 375~384)은 근초고왕(近肖古王, 재위 346~375)의 아들이다.

근초고왕 때 고구려의 고국원왕(故國原王, 재위 331~371)이 직접 백제를 공격해 왔다. 근초고왕은 태자를 보내 고구려의 공격을 막도록 하였다. 그리하여 태자가 반걸양(半乞壤: 지금의 황해도 배천)으로 가서 싸우려고 하는데 고구려 사람 사기(斯紀)가 나타났다. 그는 본래 백제 사람이었는데 잘못하여 나라에서 기르는 말의 발굽을 상하게 하고는 벌을 받을까 두려워 고구려로 달아났다가 이때 돌아온 것이다. 그가 태자에게 다음과 같이 아뢰었다.

"고구려의 군사가 많기는 하지만 모두 숫자를 채우기 위한 가짜 군사들일 뿐입니다. 날래고 용맹한 것은 붉은 깃발 부대입니다. 먼저 이 부대를 격파하면 나머지는 공격하지 않아도 저절로 무너집니다."

태자가 그 말을 따라 진격해 크게 이기고 달아나는 적들을 추격해서 수곡성(水谷城)의 서북쪽까지 이르렀다. 그때 장군 막고해(莫古解)가 충고했다.

"도가(道家)의 말에 '만족할 줄 알면 욕을 당하지 않을 것이요, 그칠 줄 알면 위태롭지 않다'고 했습니다. 지금 얻은 것이 많은데 어찌하여 더 많은 것을 바라십니까?"

태자가 그의 말을 옳게 여겨 거기서 멈추었다. 그러고는 그곳에 돌을 쌓아 표지를 만들고 그 위에 올라가 좌우의 신하들을 돌아보며 말했다.

"오늘 이후 누가 다시 여기까지 올 수 있겠는가!"

그곳에 바위가 있었는데 틈이 벌어져 있어 모양이 말발굽 같았다. 사람들은 지금까지도 이것을 '태자의 말발굽 자국'이라고 부른다.

근초고왕이 재위 30년에 돌아가시니 태자가 즉위하였다.

백제의 정복 전쟁 최전성기 때의 기사이다. 이후 근초고왕은 태자와 함께 고구려의 평양성을 공격하였고, 이때 고구려 고국원왕이 화살에 맞아 죽었다. 그리하여 백제의 강역은 강원도와 황해도 일부까지 확장되었다. 또 중국이 분열된 틈을 타 요서(遼西) 지방에 진출해 백제군(百濟郡)을 설치하기도 하였다. 일본과도 긴밀하게 관계하며 『천자문』(千字文)과 『논어』(論語)를 일본에 전해 주었다. 박사 고흥(高興)이 백제의 역사를 기록한 『서기』(書記)를 처음 집필하기 시작한 것 또한 근초고왕 때의 일이다.

댓잎 꽂은 병사들

신라 유례 이사금(儒禮尼師今, 재위 284~298) 12년 봄에 왕이 신하들에게 말했다.

"왜인(倭人)들이 자주 우리의 성읍을 침범하여 백성들이 편히 살지 못하고 있다. 나는 백제와 함께 도모해 일시에 바다를 건너 그 나라를 공격하려 하는데 어떻겠는가?"

이에 대해 서불한(舒弗邯: 신라 17관등 중 첫째 관등) 홍권(弘權)이 대답했다.

"우리는 수전(水戰)에 익숙하지 못한데 위험을 무릅쓰고 멀리 정벌하러 나갔다가 생각지도 못할 위험에 빠질까 두렵습니다. 더구나 백제는 속임수가 많고 항상 우리나라를 집어삼키려는 속셈을 가지고 있으니 또한 함께 도모하기 어렵지 않을까 합니다."

왕이 그렇겠다고 하였다.

유례 이사금 14년 봄 정월에 이서고국(伊西古國)이 신라의 수도 금성(金城)을 공격했다.[1] 우리 신라는 군사를 크게 일으켜 방어했지만 물리치지 못하고 있었다. 그때 갑자기 이상한 군사

---

[1]_ 이서고국(伊西古國)이~금성(金城)을 공격했다: '이서고국'은 가야와 신라의 경계 지역인 지금의 경상북도 청도(淸道)에 있던 작은 나라의 이름이다. 이때 가야 세력이 신라를 공격한 일이 있었던 것으로 추정된다.

들이 나타났는데 그 수를 헤아릴 수 없었고 모두 귀에 댓잎을 꽂고 있었다. 그들은 우리 군사와 함께 적을 격파한 다음 어디론가 사라져 버렸다. 누군가 댓잎 수만 장이 미추왕의 능인 죽장릉(竹長陵)에 쌓인 것을 보았다고 한다. 그로 인해 나라 사람들은 선왕께서 저승의 병사들을 보내 싸움을 도운 것이라고 하였다.

죽은 미추왕의 무덤에서 나와 적을 격파한 댓잎 꽂은 병사들 이야기는 국가 공동체의 자부심을 심어 줄 만한 환상적인 이야기다. 유례 이사금 당시 신라는 왜·가야와는 전투를 벌였고, 백제와는 각각의 이익을 위해 연합하기도 했다. 댓잎 꽂은 병사들의 등장은 가야와 왜의 연합군과 싸우는 신라를 돕기 위해 백제 군이 신라 군으로 위장하여 가세했던 사실과 관련된 것은 아닐까? 유례 이사금이 애초에 계획했던 대로.

나라 이름 '신라'

지증 마립간(智證麻立干, 재위 500~514) 3년 봄 3월에 순장(殉葬)을 금지하라는 명령을 내렸다. 이전에는 국왕이 죽으면 남녀 각각 다섯 사람을 따라 죽게 했는데, 이때 그것을 금지한 것이다. 왕이 친히 신궁(神宮)에서 제사를 지냈다. 그리고 주(州)와 군(郡)의 장(長)에게 농사를 권장하도록 하고, 처음으로 소를 이용해 경작하게 하였다.

4년 겨울 10월에 여러 신하가 아뢰었다.

"시조께서 나라를 개국한 이래로 나라 이름이 정해지지 않아 혹은 '사라'(斯羅)라 하고, 혹은 '사로'(斯盧)라 하고, 혹은 '신라'(新羅)라고도 했습니다. 저희들이 생각하기에 '신'(新)은 덕업이 날로 새롭다는 뜻이고, '라'(羅)는 사방을 망라한다는 뜻이니 이를 나라 이름으로 삼는 것이 좋을 듯합니다. 또 예로부터 나라를 가졌던 분들을 보면 모두 '제'(帝)나 '왕'(王)이라 칭하였는데, 우리 시조께서 나라를 세우신 이래 지금까지 22대 동안 단지 방언으로만 칭하고 제왕의 호를 정하지 못했습니다.[1] 이제 여러 신하가 뜻을 모아 삼가 '신라 국왕'이라는 존호

---

[1] 방언으로만 칭하고~정하지 못했습니다: 신라 왕의 칭호로 거서간, 차차웅, 이사금, 마립간 등과 같은 신라 고유의 방언을 사용해 오다가 지증 마립간 시대부터 중국식 정치 조직을 수용하면서 왕이라는 존호를 쓰기 시작했다.

를 올립니다."

왕이 그 말을 따랐다.

'신라'가 '덕업이 날로 새로워지고 사방을 망라한다'〔德業日新, 網羅四方〕는 뜻임을 새삼 새겨 보게 된다. 지증왕 때는 신라가 고대 국가의 체제를 새롭게 정비한 시기였다. 고대의 폐습인 순장을 폐지하고, 농사를 권장하여 소를 이용한 경작을 시도했으며, 상복(喪服)의 법을 제정해 장례 의식을 정비하고, 주·군·현의 지방 제도를 정립했다. 그리고 '신라'라는 국호를 정하고, 왕호로 '마립간'과 더불어 '왕'을 병용하기 시작했다.

모란꽃 그림과 두꺼비 떼

선덕여왕(善德女王, 재위 632~647)이 왕위에 오르니, 이름은 덕만(德曼)이고 진평왕(眞平王, 재위 579~632)의 맏딸이다. 어머니는 김씨 마야부인(摩耶夫人)이다. 덕만은 성품이 너그럽고 인자하며 명민하였다. 진평왕이 죽고 왕위를 이을 아들이 없자 나라 사람들이 덕만을 왕으로 세우고 '성조황고'(聖祖皇姑)라는 호를 올렸다.

진평왕 때 당나라에서 보내온 모란꽃 그림과 그 꽃씨를 덕만에게 보였더니 덕만이 말하였다.

"이 꽃은 매우 아름다우나 분명 향기가 없을 것입니다."

그러자 왕이 웃으며 물었다.

"네가 어떻게 그것을 아느냐?"

덕만이 대답하였다.

"그림에 벌과 나비가 없기에 그런 줄 알았습니다. 나라에서 가장 아름다운 여자라면 남자들이 따르게 마련이고, 향기가 있는 꽃에는 벌과 나비가 따릅니다. 이 꽃은 대단히 아름답지만 그림에 벌과 나비가 없으니 분명 향기가 없는 꽃일 겁니다."

꽃씨를 심었더니 과연 덕만이 말한 대로였다. 그 선견지명이
이와 같았다.

선덕여왕 5년(636) 여름 5월에 두꺼비들이 궁궐 서쪽 옥문
지(玉門池)로 엄청나게 모여들었다. 선덕여왕이 이를 듣고 좌우
의 신하들에게 말했다.

"두꺼비의 부라리는 듯한 눈은 병사의 형상이다. 나는 서남
쪽 국경 지대에 옥문곡(玉門谷)이라는 지명이 있다고 들은 적이
있는데, 혹시 이웃 나라 병사들이 그곳에 잠입해 있는 게 아닐까
싶다."

선덕여왕은 장군 알천(閼川)과 필탄(弼呑)에게 군사를 이끌
고 가서 수색하도록 했다. 과연 백제 장군 우소(于召)가 독산성
(獨山城)을 습격하려고 무장한 병사 500명을 이끌고 와서 그곳
에 매복해 있었다. 알천이 이를 불시에 습격해 모두 죽였다.

삼국 중 신라에서만 여왕이 옹립되었던 사실은 흥미를 끈다. 골품제도 때문에 성골로
왕위를 계승시키기 위해 성골 출신의 여왕을 즉위시켰던 것인데, 여왕 즉위의 정당성
을 확보하기 위해서는 신성한 이야기가 필요했던 듯하다. 그래서인지 『삼국사기』와
『삼국유사』에는 선덕여왕의 선견지명을 보여 주는 일화가 가득하다.

토끼의 간

선덕여왕 11년(642)에 백제가 대량주(大梁州: 지금의 경상남도 합천)를 무너뜨렸을 때 김춘추(金春秋)의 딸 고타소낭(古陁炤娘)이 남편 김품석(金品釋)을 따라 죽었다. 김춘추는 이것이 한이 되어 고구려에 군대를 요청해 백제에 원수를 갚고자 하니 선덕여왕이 허락하였다. 김춘추는 고구려로 떠나면서 김유신(金庾信, 595~673)에게 말했다.

"나와 공은 한 몸이나 마찬가지인데, 우리 두 사람이 나라의 중요한 신료가 되었습니다. 이제 내가 고구려에 들어가 해를 당한다면 공은 아무렇지도 않으시겠습니까?"

그러자 김유신이 대답했다.

"공이 가서 돌아오지 않는다면 반드시 내 말의 발굽이 고구려와 백제 두 왕의 뜰을 짓밟을 것입니다. 그리하지 못한다면 장차 무슨 면목으로 나라 사람들을 보겠습니까?"

김춘추는 감격하고 기뻐하며 김유신과 함께 손가락을 깨물어 피를 내서 입에 바르고 맹세했다.

"내가 따져 보니 60일이면 돌아오겠습니다. 만일 그때가 지나도 돌아오지 않으면 다시 볼 수 없을 겁니다."

마침내 두 사람은 작별하였다. 그 뒤 김유신은 압량주(押梁州: 지금의 경상북도 경산)의 군주(軍主)가 되었다.

김춘추가 사간(沙干: 신라의 17관등 중 여덟째 관등) 훈신(訓信)과 함께 고구려에 사절로 가는데, 일행이 대매현(代買縣)에 이르렀을 때 그 고을 사람인 사간 두사지(豆斯支)가 푸른 베 300보[1]를 선물하였다.

이윽고 고구려의 경계로 들어가니 고구려 보장왕(寶藏王)은 재상 연개소문(淵蓋蘇文)을 보내 객사에서 연회를 베풀었다. 그런데 누군가 고구려 보장왕에게 아뢰었다.

"신라의 사신은 보통 사람이 아닙니다. 이번에 그가 온 것은 아마도 우리의 형세를 살피려는 것일 겁니다. 왕께서는 그런 것을 생각하시어 후환이 없게 하십시오."

이에 고구려 왕은 일부러 김춘추가 대답하기 어려운 질문을 던져 욕을 보이려고 말했다.

"마목현과 죽령[2]은 본래 우리 땅이다. 만약 우리에게 돌려주지 않는다면 그대는 돌아갈 수 없다."

그러자 김춘추가 대답했다.

"국가의 영토는 신하가 마음대로 할 수 있는 게 아니니 저는 감히 그 명령을 따를 수가 없습니다."

고구려 보장왕은 화가 나서 김춘추를 가두고 죽이고자 했으

1_ 300보: '보'(步)는 길이의 단위로, 통일신라 때 1보가 6척에 해당했다고 한다.
2_ 마목현과 죽령: '마목현'(麻木峴)은 지금의 경상북도 문경군에 있는 조령(鳥嶺)이다. '죽령'(竹嶺)은 경상북도 영주와 충청북도 단양을 잇는 고개이다.

나 아직 실행하지는 않고 있었다. 그때 김춘추는 푸른 베 300보를 보장왕이 총애하는 신하인 선도해(先道解)에게 은밀히 선물했다. 그러자 선도해가 음식을 차려 와서 서로 술을 마시게 되었다. 선도해는 거나하게 취하자 농담처럼 이런 말을 했다.

"'토끼와 거북 이야기'를 들어 본 적 있습니까? 옛날 동해 용왕의 딸이 심장에 병이 생겼답니다. 의사는 토끼의 간으로 약을 지으면 나을 수 있겠다고 했습니다. 그러나 바닷속엔 토끼가 없으니 어찌할 수 없었지요. 그런데 한 거북이 용왕에게 자기가 구해 올 수 있다고 했습니다. 마침내 거북은 육지로 올라가 토끼를 만나자 이렇게 말했습니다.

'바다 가운데에 섬이 하나 있는데 맑은 샘과 깨끗한 흰 돌, 무성한 숲과 맛 좋은 과일이 있는 곳이지. 춥지도 덥지도 않고, 독수리나 매 같은 것도 없는 곳이라네. 자네가 그곳에 가면 편안하게 근심 없이 지낼 수 있을 텐데.'

그리하여 토끼를 등에 태우게 된 거북은 2, 3리쯤 헤엄처 가다가 토끼를 돌아보며 말했습니다.

'지금 용왕의 따님이 병에 걸렸는데 토끼의 간이 있어야 약을 짓는다기에 내가 수고를 마다 않고 자네를 업고 가는걸세.'

그러자 토끼가 말했습니다.

'아이쿠! 나는 천지신명의 후예라서 오장(五臟)을 꺼내어 씻은 뒤 다시 몸 속에 집어넣을 수가 있네. 요새 속이 좀 불편해서 간과 심장을 꺼내 씻어서 잠시 바위 밑에 두었지. 그런데 자네의 달콤한 말을 듣고 곧장 오는 바람에 간은 아직도 거기 있네. 그러니 되돌아가서 간을 가져와야 하지 않겠나? 그러면 자네는 구하던 것을 얻을 수 있고, 나는 간 없이도 살 수 있으니 서로에게 좋은 일이 아닌가?'

거북이 그 말을 믿고 되돌아가 막 해안으로 오르자 토끼는 달아나 수풀로 들어가며 거북에게 말했습니다.

'어리석기도 하지. 어떻게 간 없이 살 수 있겠나?'

그러자 거북은 딱하게도 아무 말 못하고 물러갔다 합니다."

그 이야기를 들은 김춘추는 선도해의 의도를 알아차리고 고구려 왕에게 편지를 보냈다.

"마목현과 죽령은 본디 고구려의 땅이니 제가 귀국해서 우리 왕께 요청해 돌려드리라고 하겠습니다. 제 말을 믿지 못하신다면 저 밝은 해를 두고 맹세하겠습니다."

이에 고구려 왕이 기뻐하였다.

한편, 김춘추가 고구려에 들어간 지 60일이 지나도록 돌아오지 않자 김유신은 국내의 용사 3천 명을 선발하고 이렇게 말했다.

"나는 위태로움을 보면 목숨을 걸고 어려움이 닥치면 몸을 돌보지 않는 것이 열사(烈士)의 뜻이라고 알고 있다. 한 명이 죽음을 무릅쓰면 백 명을 당해 낼 수 있고, 백 명이 죽음을 무릅쓰면 천 명을 당해 낼 수 있으며, 천 명이 죽음을 무릅쓰면 만 명을 당해 낼 수 있을 것이다. 그렇게 되면 천하를 마음대로 할 수 있다. 지금 나라의 어진 재상이 다른 나라에 잡혀 있는데 어찌 두려워하며 어려움을 피하겠는가?"

그러자 여러 사람이 말했다.

"비록 만 번 죽고 한 번 사는 곳을 간다 해도 감히 장군의 명령을 따르지 않을 수 있겠습니까?"

마침내 왕에게 청하여 떠날 날을 잡았다.

이때 고구려의 첩자인 승려 덕창(德昌)이 사람을 보내 고구려 왕에게 이 사실을 알렸다. 고구려 보장왕은 저번에 김춘추가 맹세하는 말을 들었고, 또 첩자의 말까지 듣고 보니 더 이상 김춘추를 잡아 두지 못하고 후하게 예우해 돌려보냈다. 김춘추는 고구려의 국경을 벗어나자 호송하던 이들에게 말했다.

"나는 백제에 대한 원한을 풀기 위해 고구려에 군대를 요청하러 왔다. 그런데 고구려 왕은 이를 허락하지 않고 도리어 땅을 내놓으라 하였다. 이런 문제는 신하로서 마음대로 할 수 있는 일이 아니다. 지난번에 고구려 왕에게 준 편지는 죽음을 면하기 위해 그런 것이었을 뿐이다."

『별주부전』으로 잘 알려져 있는 우화다. 김춘추에게 뇌물을 받은 고구려 고위 관리가 권력의 횡포에서 벗어나기 위해 약자가 발휘해야 할 지혜를 이 우화로 넌지시 일러 준 것이다. 이것이 외교전 및 뇌물전이 난무한 삼국 통일 임박의 혼란기 상황이다. 고구려에서 살아 돌아온 김춘추는 이후 김유신과 더불어 삼국 통일의 대업을 이루는 데 크게 이바지하고 왕위에 오르니 그가 바로 태종 무열왕(太宗武烈王, 재위 654~661)이다.

꿈을 사다

문무왕(文武王, 재위 661~681)이 왕위에 오르니, 이름은 법민(法敏)이고 태종 무열왕(太宗武烈王)의 맏아들이다.

어머니는 김씨 문명왕후(文明王后)로, 소판(蘇判: 신라 17관등 중 셋째 관등) 김서현(金舒玄)의 막내딸이자 김유신의 누이이다. 김유신의 누이 중 언니인 보희(寶姬)가 꿈속에서 서형산(西兄山: 지금의 경상북도 경주 서쪽에 있는 산) 꼭대기에 앉아 오줌을 누니 오줌이 흘러 나라 안에 두루 퍼졌다. 잠에서 깨어난 보희는 동생 문희(文姬)에게 꿈 이야기를 했더니, 문희가 농담 삼아 "내가 언니 꿈을 사고 싶어"라고 하고는 비단 치마를 꿈 값으로 주었다.

며칠 뒤 김유신이 김춘추와 함께 축국[1]을 하다가 김춘추의 옷고름을 밟아 떨어뜨렸다. 그러자 김유신이 "우리 집이 마침 가까우니 가서 옷고름을 답시다"라고 하며 함께 자기 집으로 갔다. 김유신은 술자리를 마련하고 조용히 보희를 불러 바늘과 실을 가져와 꿰매라고 시켰다. 그런데 보희는 일이 있어 나오지 못하고 막내 문희가 나와 옷고름을 꿰매 달게 되었다. 문희는 옅은 화장에 간편한 차림이었는데도 눈부시게 아름다웠다. 김춘추가

1_ 축국(蹴鞠): 발로 공을 차며 하는 경기로, 오늘날의 축구와 비슷한 스포츠.

그 모습을 보고 좋아하여 곧 청혼하고 혼례를 치렀다. 그리고 바로 임신하여 사내아이를 낳았는데 이름을 '법민'이라 하였다.

김유신은 가야계 인물로 신라 정치의 주변 세력이었으나 김춘추를 왕으로 세우는 데 크게 기여하고, 삼국 통일을 주도하며 통일신라 권력의 중심에 선 입지전적 인물이다. 김춘추는 진덕여왕의 뒤를 이을 성골 출신이 없자 처음으로 진골 출신 왕이 되었다. 김유신과 김춘추 두 사람의 야망은 일치했으나 더욱 공고하게 연합하기 위해 결혼이 매개 역할을 한 듯하다. 결혼으로 이어진 꿈 이야기는 있었던 사실과 소문으로 전해지는 이야기의 변형을 생각해 보게 한다.

동해의 용이 된 문무왕

문무왕 21년(681) 가을 7월 1일, 왕이 죽었다. 시호를 문무(文武)라 하였다. 신하들은 왕의 유언에 따라 동해 어귀의 큰 돌 위에 장사 지냈다. 세상에 전해지기로는 왕이 용으로 변했다고 해서 그 돌을 가리켜 '대왕석'(大王石)이라고 한다.

왕의 유언은 다음과 같다.

"과인은 어지러운 전쟁 시대를 만나 서쪽을 정벌하고 북쪽을 토벌하여 강토를 평정했다. 배반한 사람은 응징하고, 협조하려는 사람은 불러들여 먼 곳과 가까운 곳을 모두 안정시켰다. 그리하여 위로는 조상의 걱정을 위로하고, 아래로는 우리 부자(父子)의 오랜 원수를 갚았다.[1] 전쟁에서 살아남은 사람과 죽은 사람 모두에게 상을 내렸고, 신라 사람은 물론이요 고구려와 백제 사람들에게도 똑같이 벼슬을 내려 주었다. 무기를 녹여서 농기구를 만들었고, 백성들을 어질고 오래 살게 하려고 힘썼다. 세금을 가볍게 하고 부역을 줄이니 집집마다 넉넉하고 사람마다 풍족해 백성들은 편안해지고 나라 안에는 근심거리가 없게 되었다. 창고에는 곡식이 산처럼 쌓이고 감옥에는 죄수가 없어 풀만 무성하니, 산 사람과 죽은 사람에게 부끄러울 게 없고, 사람들의

1_ 아래로는 우리~원수를 갚았다: 선덕여왕 때 백제의 침략으로 김춘추의 사위와 딸이 죽었으니, 문무왕이 된 김법민에게는 자형과 누이가 죽은 것이었다. 김춘추가 태종 무열왕으로 즉위한 후 김법민은 아버지를 도와 백제를 멸망시키는 데 크게 공헌했으니 결국 개인적 원수도 갚은 셈이었다.

기대를 저버리지 않았다 할 만하다.

나 자신은 풍상을 무릅쓰고 다니느라 결국 고질병이 생겼고, 정치와 교화를 위해 근심하며 애쓰다 보니 병은 더욱 깊어졌다. 하지만 사람은 죽어도 이름은 남는 것은 예나 지금이나 마찬가지니 홀연히 저세상으로 돌아간들 무슨 한이 있겠는가!

태자는 일찍이 덕을 쌓으며 오랫동안 동궁의 자리에 있었다. 그러니 위로는 재상들로부터 아래로는 여러 관원에 이르기까지, 나의 장례식을 어긋남 없이 치르고 나서 내 뒤를 이을 태자를 섬기는 예를 빠짐없이 갖추도록 하라. 종묘사직의 주인은 잠시라도 비워서는 안 되니 태자는 관 앞에서 즉시 왕위를 계승하라.

그리고 산천은 변하고 사람의 세대도 바뀌는 법이다. 오(吳)나라 왕의 북산(北山) 무덤에 있던 빛나는 금오리 향로를 오늘날에 볼 수 있는가?[2] 위(魏)나라 왕 조조(曹操)의 무덤인 서릉(西陵)에 있었다던 '동작대'(銅雀臺)도 이름만 전하고 있다.[3] 옛날 천하를 다스리던 영웅도 결국 한 무더기 흙이 되었다. 나무꾼과 목동이 그 흙무덤 위에서 노래하고, 여우와 토끼가 그 옆에 굴을 판다. 그러니 무덤을 호화롭게 만들어 봐야 공연히 재물만 허비하고 역사엔 오점을 남길 뿐이며, 공연히 사람들만 힘들게 하고 죽은 사람의 넋은 구제하지 못한다. 가만히 생각해 보면 슬프기 그지없다. 이러한 것은 내가 좋아하는 바가 아니다.

2_ 오(吳)나라 왕의~볼 수 있는가?: 오나라 왕은 동한(東漢) 말 삼국시대의 오나라 손권(孫權, 182~252)으로 보인다. 옛날 오나라 왕의 무덤이 호화로웠다는 사실로 금으로 된 물오리 모양의 향로도 있다는 이야기가 전해져 왔는데, 훗날 그런 유물을 찾아볼 수 없게 되었다는 것이다.

3_ 위(魏)나라 왕~전하고 있다: 위나라 왕 조조(曹操, 155~220)는 매월 초하룻날과 보름날에 동작대에 올라가 자신의 무덤인 서릉을 보며 술과 안주를 올리라고 유언했다고 한다. 그러나 이제는 그런 일이 있었다는 사실만 전해지고 동작대라는 유적은 없어졌다는 말이다.

내가 죽으면 열흘 후에 곧 창고문 바깥뜰에서 서역(西域)의 방식대로 화장하라. 상복의 격식은 정해진 예가 있는 것이지만, 장례 절차는 검소하게 하도록 힘써라. 변방의 성에 군대를 주둔시키는 일과 주·군에 세금을 부과하는 일은 꼭 필요한 것이 아니면 모두 없애고, 율령에 불편한 것이 있으면 즉시 개혁하라. 나의 이러한 뜻을 사방에 알려 두루 알게 하고, 담당자는 시행하라.”

신라 제30대 왕인 문무왕은 아버지가 태종 무열왕 김춘추이고 외삼촌이 김유신으로, 그들을 도와 삼국 통일의 위업을 이루었다. 죽어서도 나라를 지키는 수호령이 되고자 했던 영웅으로서의 전설이 동해의 대왕석에 얽혀 있다. 그가 남긴 유언의 글은 자신이 살아온 삶에 대한 자신감을 드러냈고, 삶과 죽음을 담담히 관조하며 사후의 일을 두루 꼼꼼하게 예비시킨 단정함을 보여 준다.

죽어서도 임금을 깨우치리라

죽어서도 임금을 깨우치리라

농사짓다 재상이 된 을파소

고구려 고국천왕 12년(190) 가을 9월, 중외대부인 패자 어비류(於界留)와 평자 좌가려(左可慮)[1]는 모두 왕후의 친척으로 나라의 권력을 잡고 있었다. 그 자제들도 권세를 믿고 교만하고 사치스러웠으며, 남의 자녀를 빼앗고 남의 밭이며 집을 약탈하니 백성들이 원망하고 분개했다. 왕이 이 사실을 듣고 노하여 그들을 주살하려고 하자 좌가려 등은 연나부[2]의 네 집안과 함께 반란을 도모했다.

고국천왕 13년(191) 여름 4월, 좌가려 등이 무리를 모아 고구려의 수도[3]를 공격했다. 왕은 수도 주변의 병사와 말을 징발해 진압한 다음 명령을 내렸다.

"요즘 총애하는 사람에게만 관직을 내리고, 덕 있는 사람이 벼슬자리에 나아가지 못하고 있다. 그 해독은 백성들에게 미치고 우리 왕실을 동요시켰으니, 이것은 과인이 어리석은 탓이다. 이제 너희 4부[4]는 각각 낮은 지위에 있으면서 현명하고 훌륭한 사람을 천거하라."

1_ 중외대부인~좌가려: 중외대부(中畏大夫), 패자(沛者), 평자(評者)는 모두 고구려의 관직 이름이다.

2_ 연나부(椽那部): 고구려의 중앙 행정 조직인 5부(五部) 중 하나다. 5부는 부족적 성격을 갖는데, 연나부에서는 몇 대에 걸쳐 고구려의 왕비를 배출했다. 이 당시 고구려 왕실은 왕비 부족에 해당하는 연나부와 손을 잡고 왕권 강화를 꾀하고 있었다.

3_ 고구려의 수도: 지금의 중국 길림성 집안(集安)에 있던 국내성.

4_ 4부(四部): 고구려의 중앙 행정 조직인 5부 중에서 왕족 세력인 중부(中部)의 계루부(桂婁部)를 제외한 4개의 부.

4부에서는 모두 동부5_의 안류(晏留)를 추천하니 왕이 그를 불러 국정을 맡겼다. 그러자 안류가 왕에게 아뢰었다.

"저는 어리석어서 나라의 큰 정치를 맡기에 부족합니다. 서압록곡(西鴨淥谷) 좌물촌(左勿村)의 을파소(乙巴素)라는 사람은 유리왕 때의 대신 을소(乙素)의 후손입니다. 그는 성품이 강직하고 지혜가 깊지만 세상에서 써 주지 않아 농사지으며 살아가고 있습니다. 대왕께서 나라를 다스리고자 하신다면 이 사람이 아니고는 안 될 것입니다."

왕은 사신을 보내 공손한 말과 예를 갖추어 을파소를 초빙해 중외대부에 임명하고 직위를 더 높여 우태(于台)로 삼으며 말했다.

"내가 외람되이 선왕의 사업을 계승하여 신하와 백성들의 윗자리에 있지만 덕이 부족하고 재주가 모자라 제대로 다스리지 못하고 있소. 선생은 재주와 지혜를 감추고 오랫동안 초야에 묻혀 있었는데 지금 나를 버리지 않고 마음을 바꿔 와 주었으니, 이건 나만의 기쁨이 아니고 나라와 백성들의 행복이오. 이에 가르침을 받고자 하니 공은 성심성의껏 가르쳐 주시오."

을파소는 나라에 헌신하고자 했지만 주어진 직책이 일을 성취하기에 부족하다고 생각하여 이렇게 대답했다.

"신은 미련하고 굼떠서 감히 어명을 감당할 수 없습니다. 대

5_ 동부(東部): 고구려의 중앙 행정 조직인 5부의 하나.

왕께서는 어질고 착한 사람을 등용해 그에게 높은 관직을 주시어 큰 사업을 이루시기 바랍니다."

왕은 을파소의 뜻을 알아차리고 마침내 그를 나라의 재상으로 임명해 정사를 맡겼다. 그러자 조정의 신하들과 왕실 친척들은 신진 관료인 을파소가 임금과 자신들 사이에 틈을 만든다며 미워했다. 이에 왕은 명령을 내렸다.

"재상을 따르지 않는 자들은 귀천을 가리지 않고 멸족시킬 것이다."

을파소는 물러나와 사람들에게 이렇게 말했다.

"포부를 펼 때를 만나지 못하면 은둔하고, 포부를 펼 수 있을 때를 만나면 벼슬하는 것이 선비의 도리입니다. 지금 임금께서 나를 정성스런 마음으로 대우해 주시니 어찌 예전처럼 은둔하겠다는 생각을 하겠습니까?"

그리하여 지성으로 나라를 받들어 정치와 교화를 밝히고 상벌(賞罰)을 신중히 하니 백성은 편안하고 나라 안팎이 무사했다.

겨울 10월, 왕이 안류에게 말했다.

"만약 그대의 조언이 없었더라면 나는 을파소를 얻어 함께 나라를 다스릴 수 없었을 것이니 오늘날 이루어진 여러 업적은 그대의 공이오."

그리하여 안류를 대사자(大使者)로 임명하였다.

을파소(乙巴素, ?~203)의 등용은 인재 등용의 모범이 될 만하다. 게다가 자신에게 돌아올 행운을 다른 이에게 돌려 진정으로 나라에 필요한 인재를 추천한 안류 같은 인물도 모범이 되기에 부족함이 없다. 당시는 구세력을 견제하기 위해 신진 세력을 전면에 배치하며 중앙 집권적 왕권 강화를 꾀하던 때였다. 그래서 '시골에서 농사짓던 인물이 한 나라의 재상이 되었다더라'는 것은 당시 여론의 호응을 얻는 데 감동적인 스토리텔링 역할을 했을 것이다.

역사를 기록하는 까닭

신라 진흥왕(眞興王, 재위 540~576) 6년(545) 가을 7월에 아찬(阿湌: 신라의 17관등 중 여섯째 관등) 이사부(異斯夫)가 왕에게 아뢰었다.

"국사(國史)라는 것은 임금과 신하들의 선악을 기록하여 칭찬할 것과 비판할 것을 후손 만대에 보이는 것입니다. 이것을 편찬해 두지 않으면 후대에 무엇을 보고 알겠습니까?"

왕이 깊이 공감하여 대아찬(大阿湌: 신라의 17관등 중 다섯째 관등) 거칠부[1] 등에게 명해 널리 학자들을 모아 그들에게 『국사』(國史)를 편찬하게 하였다.

---

[1] 거칠부(居柒夫): 545년(진흥왕 6)에 왕명으로 『국사』를 편찬하였고, 551년(진흥왕 12)에 고구려를 공격하여 죽령(竹嶺) 이북 지역을 빼앗고, 576년(진지왕 1)에 상대등이 되었다.

이 글은 신라 역사의 기록이다. 역사를 기록하는 까닭과 우리가 역사를 읽는 까닭은 오늘날과 옛날이 다르지 않음을 본다. 신라의 『국사』는 안타깝게도 전하지 않지만 아마도 김부식이 『삼국사기』를 편찬할 때 참고 자료로 보았다는 신라의 고기(古記)가 이러한 자료를 포함하고 있는 것이 아니었을까 싶다.

바둑으로 나라를 망친 개로왕

백제 개로왕(蓋鹵王, 재위 455~475) 21년(475) 가을 9월에 고구려 장수왕(長壽王, 재위 412~491)이 3만 병사를 이끌고 와서 백제의 수도 한성[1]을 포위했다. 그러나 개로왕은 성문을 닫은 채 나가 싸우지 못했다. 고구려 사람들은 군사를 넷으로 나누어 사방에서 협공하고 또 바람을 이용해 불을 질러 성문을 태웠다. 백제 사람들은 두려워 성을 나가 항복하려는 이들도 있었다. 다급해진 개로왕은 어찌할 바를 모르다가 기병 수십 명을 이끌고 성문을 나가 서쪽으로 달아났다. 고구려 사람들이 쫓아가 개로왕을 살해했다.

이러한 일이 있기 전이었다. 고구려 장수왕은 은밀히 백제를 칠 생각으로 백제에서 첩자 노릇 할 사람을 구했다. 이때 승려 도림(道琳)이 자원하며 말했다.

"소승은 아직 도를 깨닫지 못했으나 나라의 은혜에 보답하겠습니다. 원컨대 대왕께서는 저를 어리석다 마시고 제게 일을 시켜 주십시오. 그러면 왕을 욕되게 하지 않겠습니다."

장수왕은 기뻐하며 도림을 은밀히 보내 백제를 속이게 하였다. 이에 도림은 고구려에서 죄를 짓고 백제로 도망 온 것처럼

1_ 한성(漢城): 백제의 수도인 남한산성과 그 북쪽 춘궁리 일대.

꾸몄다.

이 당시 백제 개로왕은 바둑을 좋아했다. 그래서 도림은 대궐문에 이르러 이렇게 말했다.

"제가 어려서부터 바둑을 배워 자못 오묘한 경지에 들었으니 임금님께 아뢰어 주십시오."

왕이 그를 불러들여 바둑을 두어 보니 그는 과연 국수(國手)였다. 그래서 왕은 마침내 도림을 최고의 손님으로 예우하고 매우 친애하며 늦게 만난 것을 안타까워했다. 어느 날 도림이 왕을 모시고 앉아 조용히 말했다.

"저는 다른 나라 사람인데 임금님께서 저를 멀리하지 않으시고 두터운 은혜를 베풀어 주셨습니다. 그런데 저는 오직 변변찮은 기술만 보여 드렸을 뿐 지금껏 유익한 일이라곤 털끝만큼도 하지 못했습니다. 그래서 지금 한마디 아뢰려 하는데 임금님 생각은 어떻습니까?"

"말해 보시오. 나라에 이로운 일이라면 이것이야말로 선생에게 바라는 바요."

"대왕의 나라는 사방이 모두 산악 지대이고 큰 강과 바다로 둘러싸여 있습니다. 이는 하늘이 주신 험준한 요새로, 사람이 만들어 낼 수 있는 형세가 아닙니다. 그런 까닭에 주변국들이 감히 넘볼 생각을 못하고 다만 받들어 섬기기에 바쁜 것입니다. 그러니 왕께서는 마땅히 드높은 위세와 큰 규모의 사업으로 사람들에게 위엄을 보여야 할 것입니다. 그런데 성곽과 궁실은 수리되지 않고, 선왕의 해골은 길바닥에 임시로 묻혀 있으며, 백성들의 가옥은 번번이 강물에 쓸려 무너집니다. 저는 이것을 병통으로 여깁니다.”

왕은 “알겠소. 그리하겠소”라고 하였다.

그리하여 백성들을 동원해 흙을 구워 성을 쌓고 그 안에 궁실, 누각, 정자를 지었는데 웅장하고 화려하기 그지없었다. 또 욱리하(郁里河: 지금의 한강)에서 큰 돌을 가져와 관을 만들어 부친 비유왕(毗有王)의 유골을 장사 지내고, 사성 동쪽에서부터 숭산 북쪽까지[2] 강을 따라 보를 세웠다. 이 때문에 창고는 텅 비고 백성들은 곤궁해지니 나라는 쌓아 놓은 달걀보다 더 위태로워졌다.

이에 도림은 도망쳐서 고구려로 돌아가 상황을 보고하였다. 장수왕은 기뻐하며 백제를 공격하라고 장수들에게 병사를 내주었다.

개로왕이 이 소식을 듣고 아들 문주[3]에게 말했다.

“내가 어리석고 밝지 못해 간사한 사람의 말을 따랐다가 이런 지경에 이르렀다. 백성들은 쇠잔하고 군사들은 허약하니 위태로운 일이 일어나면 누가 기꺼이 나를 위해 힘써 싸우겠느냐?

2_ 사성 동쪽에서부터 숭산 북쪽까지: ‘사성’(蛇城)은 풍납토성, ‘숭산’(崇山)은 경기도 하남시의 산으로 추정된다.

3_ 문주(文周): 개로왕의 뒤를 이어 왕이 된 백제의 제22대 문주왕(文周王).

나는 마땅히 나라를 위해 죽어야겠지만 네가 여기서 함께 죽는 것은 무익한 일이다. 너는 난리를 피해 나라의 왕통을 잇도록 하라!"

그리하여 문주는 목협만치(木劦滿致)와 조미걸취(祖彌桀取)를 데리고 남쪽으로 떠났다.

이때 고구려의 대로(對盧: 고구려의 재상에 해당하는 관직)인 제우(齊于)·재증걸루(再曾桀婁)·고이만년(古尒萬年) 등이 병사를 거느리고 와서 북성(北城: 지금의 서울 창의문 밖)을 공격해 7일 만에 함락시켰다. 이어 남성(南城: 지금의 남한산성과 춘궁리 일대)을 공격하자 성안은 공포에 휩싸였고, 왕은 달아났다. 고구려 장수 재증걸루 등은 왕을 발견하자 말에서 내려 절을 한 뒤 왕의 얼굴에 침을 세 번 뱉었다. 그리고 왕의 죄를 낱낱이 말한 다음 왕을 결박하여 아차성(阿且城: 지금의 서울시 광장동에 있는 아차산성) 아래로 보내 죽였다. 재증걸루와 고이만년 등은 원래 백제 사람이었는데 죄를 짓고 고구려로 도망친 자들이었다.

고구려의 첩자는 바둑이라는 잡기로 백제 왕의 시간을 훔쳤다. 제대로 일을 하기 위해서나 올바른 판단을 하기 위해 반드시 필요한 생각할 시간을. 그러나 도성을 호화롭게 꾸미고 강에는 보를 쌓아 원성을 받게 된 것이 첩자가 시켜서 한 짓이기만 했을까? 적은 언제나 내부와 외부 모두에 있다.

비판이 싫어 문을 닫아건 왕

백제 동성왕(東城王, 재위 479~501) 21년(499) 여름에 큰 가뭄이 들어, 백성들이 굶주려 서로 잡아먹고 도적들이 많이 생겨났다. 이에 관리들은 창고를 열어 백성들을 구휼하자고 요청했다. 그러나 왕은 듣지 않았다. 이때 백제에서 도망쳐서 고구려로 들어간 한산(漢山: 지금의 경기도 광주 일대) 사람이 2천 명이었다. 겨울 10월에 전염병이 크게 유행하였다.

22년(500) 봄, 궁궐 동쪽에 임류각(臨流閣)을 세웠는데 높이가 5장(丈)이었다. 또 못을 파고 기이한 새들을 길렀다. 신하들이 상소를 올려 간언했으나 왕은 답하지 않았으며, 또다시 간언하는 이가 있을까 두려워 궁궐 문을 닫아 버렸다.

편찬자는 논한다.[1] 좋은 약은 입에 쓰지만 병에는 이로우며, 충고는 귀에 거슬리지만 바른 행위에는 이롭다. 이 때문에 옛날 현명한 임금들은 자신의 마음을 비우고 정치에 대한 의견을 다른 사람들에게 물었으며, 온화한 모습으로 간언을 받아들였다. 이렇게 하고서도 사람들이 말하지 않을까 봐 북을 걸어 두

1_ 편찬자는 논한다: 『삼국사기』를 편찬한 김부식은 기사에 따라 논평을 붙이기도 했는데, 논평할 때 이렇게 시작한다.

어 간언하려는 사람들이 북을 쳐 자기 생각을 알리게 했고, 비판의 글을 적을 수 있는 나무를 세웠던 것이다.[2] 지금 동성왕은 간언하는 글이 올라왔는데도 살펴보지 않은데다가 문까지 닫아걸고 막았다. 『장자』(莊子)에서 말하기를 "자기 잘못을 알고도 고치려 하지 않고, 충고를 들으면 더욱 심해지는 것을 못돼 삐뚤어졌다고 한다"[3]고 했다. 이것은 동성왕을 말하는 것이리라.

2_ 간언하려는 사람들이~세웠던 것이다: 중국 고대의 요(堯)임금은 북을 달아 임금에게 간언하려는 사람이 쳐서 알리게 했고, 순(舜)임금은 다리 위에 나무를 세워 거기에 잘못된 정치를 비판하는 글을 쓰게 해 반성했다고 한다.
3_ 자기 잘못을~삐뚤어졌다고 한다: 『장자』 「잡편」(雜篇) '어부'(漁父)에 나오는 말이다.

만대(萬代)의 위정자들이 교훈으로 삼아야 할 기사이다. 동성왕 23년(501) 기사에는 도성에서 노파가 여우로 변해 사라지고, 남산에서 호랑이 두 마리가 싸웠다는 기록이 실려 있다. 소문일 법한 일이 역사로 기록된 까닭은 백성과의 소통을 거부하는 왕에게 이런 괴이한 일화를 전해 흉흉한 민심의 소재를 넌지시 알리고 싶었던 것이 아닐까.

인재를 등용하는 법

녹진(祿眞)은 23세에 처음 벼슬하여 여러 차례 중앙과 지방의 관직을 거치고 헌덕대왕(憲德大王, 재위 809~826) 10년에 집사시랑(執事侍郎)이 되었다.

헌덕대왕 14년(822)에 국왕에게 후사가 없자 국왕의 친동생 수종(秀宗)을 태자로 삼고 월지궁(月池宮)으로 들어오게 했다.

그때 각간(角干: 신라의 17관등 중 첫째 관등) 충공(忠恭)이 상대등(上大等: 신라 최고의 관직)의 신분으로 정사당(政事堂)에서 중앙과 지방의 관원을 뽑는 심사를 하다가 퇴근했는데 병이 들었다. 의원을 불러 진맥을 했더니 의원이 이렇게 말했다.

"심장에 병이 생겼으니 용치탕(龍齒湯)을 드셔야 합니다."

그래서 충공은 3주일간 휴가를 내어 문을 닫고 손님들을 만나지 않았다. 이때 녹진이 찾아와 뵙고자 청했으나 문지기가 막았다. 그러자 녹진은 다음과 같이 말했다.

"저는 상대등께서 병을 옮길까 봐 손님을 사절하신다는 것을 모르지 않습니다. 그러나 꼭 한말씀 올려 답답하고 근심스러운 생각을 풀어 드리려고 이렇게 온 것입니다. 뵙지 못하면 돌아가지 않겠습니다.”

이렇게 문지기가 두 번 세 번 녹진의 말을 전하기에 충공이 그를 불러들여 만났다. 녹진이 충공에게 말했다.

“옥체가 편찮으시다고 들었습니다. 아침 일찍 출근해 저녁 늦게 퇴근하다 보니 바람과 이슬을 맞아서 혈기의 조화가 손상되고 몸의 안정을 잃으신 것 아닙니까?”

“그런 건 아니고 그저 어지러워 정신이 상쾌하지 않을 뿐입니다.”

“그렇다면 이 병은 약이나 침을 쓸 필요가 없고, 훌륭한 말과 고상한 담론으로 단번에 공격하면 고칠 수 있겠습니다. 한번 들어 보시겠습니까?”

“나를 내버려 두지 않고 고맙게도 찾아 주었으니 그대의 귀한 말씀을 듣고 내 가슴속을 씻어 버리고 싶소이다.”

그러자 녹진은 다음과 같이 말했다.

“목수가 집을 지을 때 큰 재목은 들보와 기둥을 만들고, 작은 재목은 서까래를 만들며, 굽은 재목과 곧은 재목은 각기 제자리에 맞게 들여앉힙니다. 그런 뒤에야 큰 집이 지어지지요.

이것은 옛날에 어진 재상들이 정치를 하던 것과 뭐가 다르겠습니까? 재주가 많은 사람은 높은 자리에 앉히고 재주가 적은 사람에게는 가벼운 임무를 맡겼으니, 안으로는 6관(六官)과 중앙

의 여러 관직에서부터 밖으로는 지방의 장관·태수·군수·현령에
이르기까지 조정에 비어 있는 직위가 없었고, 직위마다 적임자
가 아닌 경우가 없었습니다. 그 덕분에 위아래의 질서가 정해지
고 어진 사람과 어질지 못한 사람이 구분되었으니, 그런 뒤에야
왕의 정치가 이루어지는 것입니다.

그런데 오늘날은 그렇지가 않습니다. 사사로운 이익을 좇느
라 공정함을 잃습니다. 사람을 위해 관직을 고르지요. 아끼는 사
람이면 인재가 아니어도 높은 자리에 앉히려 하고, 미워하는 사
람이면 유능해도 구렁텅이에 빠뜨리려고 합니다. 사람을 선택하
느라 마음이 흐려지고 잘잘못을 따지느라 생각이 어지러워지면
나라의 일이 혼탁해지는 것은 물론이고, 그 일을 하는 사람도 힘
들고 병이 드는 것입니다.

관직에 있으면 청렴해야 하고, 일할 때는 조심스럽고 공손하
게 해야 합니다. 뇌물이 들어오는 것을 막고, 청탁하는 폐단을
멀리해야 합니다. 오직 사람의 능력에 따라 승진시키거나 강등
시켜야 하고, 사사로운 감정에 따라 관직을 주거나 삭탈하지 않
아야 합니다. 그래서 마치 저울처럼 무게를 속일 수 없도록 하
고, 먹줄처럼 굽고 곧은 것을 속일 수 없게 해야 합니다.

이렇게 된다면 형벌과 정치가 신뢰를 받을 것이고, 나라가
화평해질 것입니다. 그럼 상대등께서는 문을 활짝 열어 손님을

맞고 술자리를 마련하여 벗들과 담소를 나누며 즐길 수 있을 텐데, 어찌 구구하게 약을 먹으면서 부질없이 하루하루를 허비하고 일을 버려두시는 겁니까?"

녹진의 말을 들은 충공은 의원을 돌려보낸 뒤, 수레를 타고 궁궐로 출근했다. 왕이 물었다.

"그대는 날을 정해 두고 약을 드신다더니 무슨 일로 조정에 오셨소?"

충공이 대답했다.

"제가 녹진이라는 사람이 하는 이야기를 들었습니다. 그의 말이 마치 약과 침 같으니, 그냥 용치탕을 마시는 정도가 아니었습니다."

그러고는 왕을 위해 녹진의 말을 낱낱이 아뢰었다. 그러자 왕이 말했다.

"내가 임금이 되고 경이 재상이 되어, 이처럼 곧은 말을 하는 사람을 만나다니 얼마나 기쁜 일이오! 태자가 몰라서는 안 되니 월지궁으로 가서 알리시오."

태자가 그 말을 듣고 궁으로 들어와 축하하며 말했다.

"임금이 현명하면 신하가 충직하다고 들었습니다. 이번 일 역시 나라의 아름다운 일입니다."

그 후 웅천주도독(熊川州都督) 김헌창(金憲昌)이 모반하자

왕이 군사를 일으켜 토벌했는데, 녹진이 종군하여 공을 세웠다.
왕은 녹진에게 대아찬(大阿湌: 신라의 17관등 중 다섯째 관등)
의 관위를 주었으나 녹진은 사양하고 받지 않았다.

공정한 인사가 이루어지면 정치가 신뢰 받을 것이고 나라가 화평해질 것이라고 한 녹
진의 말은 오늘날에도 유효하다.

무덤 속에서의 간언

김후직(金后稷)은 지증왕의 증손이다. 진평대왕(眞平大王, 재위 579~632)을 섬기며 이찬(伊湌: 신라의 17관등 중 둘째 관등)으로 있다가 병부령(兵部令)이 되었다.

진평대왕은 지나치게 사냥을 좋아했다. 김후직이 왕에게 이렇게 말했다.

"옛날의 훌륭한 임금들은 하루에 수많은 정무를 다루면서도 반드시 깊이 생각하고 멀리 헤아렸습니다. 그리고 바른 선비들을 가까이 두어 그들의 올바른 충고를 받아들였고, 부지런히 힘쓰느라 감히 편하게 즐기지 않았습니다. 그렇게 한 뒤에라야 덕이 순후해지고 정치가 잘되어 국가가 보전될 수 있는 것입니다.

그런데 지금 전하께서는 날마다 깡패, 사냥꾼들을 데리고 매와 개를 풀어 꿩과 토끼를 쫓아 산과 들로 내달리며 스스로 그만둘 줄을 모르십니다. 『노자』(老子)에서 이르기를, '말달리며 사냥하는 것은 사람의 마음을 미치게 한다'[1]고 했습니다. 『서경』(書經)에도 이르기를 '안에서 여색에 빠지거나 밖에 나가 사냥하거나 그중 한 가지만 해도 망하지 않은 경우가 없다'[2]고 했습니다. 이를 보면 사냥이란 안으로 마음을 방탕하게 하고 밖으로는

1_ 말달리며 사냥하는~미치게 한다: 『노자』(老子) 12장에 나오는 구절.
2_ 안에서 여색에~경우가 없다: 『서경』 「오자지가」(五子之歌)에 나오는 말.

나라를 망치는 일이니, 반성하지 않을 수 없습니다. 전하께서는 유념하시옵소서.”

그러나 왕은 듣지 않았고, 다시 간절히 충간했지만 받아들이지 않았다. 그 뒤 김후직은 병이 들어 죽어 가면서 그의 세 아들에게 말했다.

“나는 신하가 되어 임금의 나쁜 행실을 바로잡지 못했다. 아무래도 대왕께서 놀고 즐기는 것을 멈추지 않으시니 나라가 망할까 두렵구나. 이것이 내 걱정이다. 나는 죽어서라도 반드시 임금을 깨우칠 생각이니, 내 해골을 대왕이 사냥 다니시는 길옆에 묻도록 해라.”

아들들 모두 그의 말대로 따랐다. 어느 날 왕이 사냥 가던 중에 어디선가 아득하게 소리가 들리는데, ‘가지 마소서!’라고 하는 것 같았다. 왕이 돌아보며 물었다.

“어디서 나는 소리인가?”

따르던 시종이 “이찬 김후직의 무덤입니다”라고 말하고는 김후직이 죽을 때 남긴 말을 전했다. 대왕은 눈물을 흘리며 말했다.

“그는 죽어서도 나를 잊지 않고 충언을 하니, 나를 아끼는 마음이 깊구나. 내가 끝내 잘못을 고치지 않는다면 살아서나 죽어서나 무슨 낯으로 그를 대하겠는가!”

그리하여 왕은 평생 다시 사냥을 하지 않았다.

권력에 쓴소리하는 비판 세력이 있어야 정치가 바른 길을 간다. 한편 진평왕에게 죽어서까지 간언하는 신하가 있었고, 그 간언을 눈물로 받아들여 반성했다는 일화는 왕의 잘못을 덮고 오히려 왕의 위상을 높일 수 있다. 진평왕은 왕권 강화를 위해 힘쓰며 왕실을 ‘성골’(聖骨)로 신성화시켰다. 그 덕에 그의 딸 덕만이 여성임에도 왕위를 계승하여 ‘선덕여왕’이 될 수 있었던 것이리라.

97

충신이 배척당하는 것은
옛날에도 그러했으니

실혜(實兮)는 대사(大舍 : 신라의 17관등 중 열두 번째 관등) 순덕(純德)의 아들이다. 성품이 강직해 의롭지 않은 일에 굽히지 않았다. 진평왕 때 상사인(上舍人 : 임금을 가까이서 보좌하는 높은 직위)이 되었다. 이때 하사인(下舍人 : 임금을 가까이서 보좌하는 낮은 직위)으로 있던 진제(珍堤)는 아첨을 잘해 왕의 총애를 받았다. 진제와 실혜는 동료였지만 일을 처리하면서 서로 의견이 맞지 않을 때가 있었는데, 실혜는 정도(正道)를 지키고 구차하게 굴지 않았다. 진제는 이를 시기하고 원망하여 여러 차례 왕에게 참소해 말했다.

"실혜는 지혜가 없고 담력만 세며, 금방 기뻐했다가 금방 화를 냈다가 합니다. 아무리 대왕의 말씀이라도 자기 뜻에 맞지 않으면 분을 참지 못하니, 징계하지 않는다면 장차 난을 일으킬 것인데 왜 그를 내쫓지 않으십니까? 그가 굴복할 때까지 기다린 뒤에 등용해도 늦지 않을 것입니다."

왕은 그렇겠다 싶어 실혜를 영림(泠林)의 관리로 좌천시켰다. 그러자 어떤 사람이 실혜에게 말했다.

"당신은 할아버지 대부터 충성스럽고 자질이 뛰어나기로 유

명합니다. 그런데 지금 간사한 신하가 그대를 헐뜯고 참소하여 멀리 죽령(竹嶺) 너머 황폐하고 궁벽한 곳으로 부임하게 되었으니 원통하지 않습니까? 왜 사실대로 말해 변명하지 않습니까?"

그러자 실혜가 대답하였다.

"옛날 굴원은 홀로 충직했지만 초나라에서 내쫓겼고, 이사는 충성을 다했으나 진나라에서 사형을 당했습니다.[1] 아첨하는 신하가 임금을 홀려서 충성스러운 선비가 배척당하는 일은 옛날에도 있었다는 것을 알 수 있지요. 그러니 굳이 슬퍼할 것 있겠습니까?"

마침내 실혜는 아무 말도 하지 않고 떠나며 긴 노래를 지어 자기 뜻을 보였다.

나랏일이든 개인의 일이든 남을 시기해 모함하지 말며, 남의 충고를 고맙게 받아들여야 한다는 것은 아주 단순한 교훈이지만 그것이 잘 따라지지 않아 옛날이나 오늘날이나 세상은 늘 불화로 가득하다. 굴원은 충신의 전형적 인물이지만 참소를 받아 추방되자 그 울울한 심사를 시로 승화시켰다. 실혜 또한 긴 노래를 지어 불렀다. 그리고 지금 어디서 누군가 또 그러한 노래를 부르고 있을지도 모르겠다.

허물을 고치지 않은 왕

창조리(倉助利)는 고구려 사람으로 봉상왕(烽上王, 재위 292~300) 때 나라의 재상이 되었다.

봉상왕 9년(300) 가을 8월에 왕은 15세 이상 되는 장정들을 징발해 궁궐을 수리했다. 백성들은 식량이 떨어지고 노역에 시달리다 도망쳐 떠돌아다니게 되었다. 그러자 창조리가 왕에게 간언했다.

"거듭된 기상 이변으로 곡식이 제대로 여물지 못해 백성들은 살 곳을 잃고 있습니다. 젊은이들은 사방으로 떠돌아다니고, 노인과 아이들은 구덩이에서 뒹굴고 있습니다. 참으로 하늘을 두려워하고 백성을 걱정하며 조심스럽게 반성할 때입니다. 그런데 대왕께서는 이런 생각은 하지 않고 굶주린 백성들을 몰아붙여 토목 공사에 시달리게 하니, 임금은 백성의 부모라고 하는 뜻과 크게 어긋납니다. 더구나 이웃에 강한 적국이 있는데, 만약 그들이 우리가 피폐한 틈을 타 쳐들어온다면 나라와 백성들은 어떻게 되겠습니까? 대왕께서는 깊이 헤아려 주십시오."

왕이 노여워하며 말했다.

"임금이란 백성이 우러러보는 존재인데 궁궐이 웅장하고 화려하지 않으면 위엄을 보일 수가 없소. 지금 재상은 과인을 헐뜯어 백성들의 칭송을 얻으려 하는군!"

창조리가 말했다.

"임금이 백성을 돌보지 않으면 어질지 않은 것이고, 신하가 임금에게 간언하지 않으면 충성스러운 것이 아닙니다. 제가 재상의 자리에 있는 이상 말씀드리지 않을 수 없어서이지 어찌 감히 칭송을 받으려 한 것이겠습니까?"

왕이 웃으며 말했다.

"재상은 백성을 위해 죽으려는 것이오? 다시는 이런 말을 하지 말기 바라오."

창조리는 왕이 잘못을 고치지 않을 것임을 알고 물러나와 여러 신하와 함께 모의해 왕을 폐위시켰다. 왕은 죽음을 면할 수 없다는 것을 알고 스스로 목을 매어 죽었다.

김부식은 「창조리 열전」을 「연개소문 열전」과 함께 난신(亂臣)들의 열전 속에 묶어 놓았다. 그러나 창조리의 행위에는 정치적 정당성이 있다. 방탕하고 무도한 임금에게 끝까지 충간했지만 개선의 여지가 없자 나라와 백성을 위해 왕을 폐위시켰기 때문이다. 한편, 창조리는 무도한 봉상왕을 피해 떠돌던 왕족 을불을 찾아 왕으로 즉위시키고 고구려의 발전을 이끌었다. 그러니 봉상왕에게는 난신이었을지언정 고구려를 위해서는 충신이라 할 수 있다.

괴변은 사람이 불러들이는 것

선덕여왕 16년(647)은 선덕여왕이 다스린 마지막 해이자, 진덕여왕이 즉위한 원년이다. 대신인 비담과 염종[1]이 '여왕은 정치를 잘하지 못한다'며 군사를 일으켜 왕을 폐위시키려 했다. 그리하여 선덕여왕은 궁 안에서 방어하게 되었다. 비담 등은 명활성(明活城: 반월성 동쪽에 위치한 성)에 주둔하고, 왕의 군사는 월성(月城: 왕성인 금성 동남쪽에 위치한 성)에 진영을 두고 열흘간 공방을 벌였으나 결판이 나지 않았다. 그러다 한밤중에 큰 별이 월성에 떨어졌다. 비담 등은 병사들에게 이렇게 말했다.

"내가 듣기로는 별이 떨어진 곳에 반드시 피를 흘릴 일이 있다고 했다. 이것은 여왕이 패배할 징조다."

그러자 사졸들의 환호성이 땅을 뒤흔들었다. 선덕여왕이 그 소리를 듣고 두려워 어찌할 바를 모르자, 김유신이 왕을 뵙고 말했다.

"길하고 흉한 것은 정해져 있는 게 아니고 단지 사람이 불러들이는 것입니다. 그래서 은나라 주왕은 봉황이 나타났어도 망했고, 노나라는 기린을 잡은 뒤에 쇠망했으며, 은나라 고종은 제

1_ 비담과 염종: 비담(毗曇)은 선덕여왕 14년(645)에 최고위직인 상대등이 되었다. 비담은 선덕여왕을 폐위시키고 상대등인 자신이 그 뒤를 계승하려는 의도로 염종(廉宗) 등 30여 명을 규합해 반란을 일으켰다.

사에 꿩이 와서 울었음에도 흥했고, 정나라는 용들이 싸웠지만 흥성했습니다.[2] 이렇듯 덕은 요망함을 이길 수 있는 것입니다. 그러니 별들의 이변을 두려워할 필요가 없습니다. 왕께서는 근심하지 마십시오."

그런 뒤 김유신은 허수아비를 만들어 불을 붙인 뒤 연에 실어 날려 보냈다. 그것은 마치 별이 하늘로 올라가는 듯 보였다. 김유신은 다음 날 사람을 시켜 거리에서 이런 말을 퍼뜨리게 했다.

"지난밤에 떨어졌던 별이 다시 하늘로 돌아갔다."

이렇게 하여 적군들이 의심하게 했다. 또 김유신은 흰말을 잡아 별이 떨어진 곳에서 제사를 올리며 다음과 같이 축원했다.

"양(陽)은 강하고 음(陰)은 부드러운 것이 하늘의 도(道)이고, 임금은 높고 신하는 낮은 것이 사람의 도입니다. 이것이 뒤집히면 큰 난리가 납니다. 지금 비담 등은 신하로서 반란을 일으켜 아래에서 위를 범하려 합니다. 이것이 이른바 난신적자(亂臣賊子)라는 것이니 사람과 귀신이 모두 미워하고, 하늘과 땅이 용납하지 않는 것입니다. 그런데 지금 하늘은 마치 이런 일에 무심한 듯 오히려 월성에서 별의 이변을 보이셨습니다. 저는 이것이 의심스럽고 이해가 안 됩니다. 부디 하늘의 위엄으로 사람들이 바라는 바를 따라 선을 좋아하시고 악을 미워하시어 신명이 욕

2_ 은나라 주왕은~싸웠지만 흥성했습니다: 은(殷)나라 주왕(紂王) 때 상서로운 징조였던 봉황이 출현했지만 주왕의 폭정으로 은나라는 멸망했다. 기린(麒麟)은 성인(聖人)이 나타나면 출현한다는 상상의 동물이지만 노(魯)나라의 마지막 역사 기록은 기린을 잡았다는 것이었다. 봉황과 기린은 길한 징조이지만 실제는 그렇지 않다는 것을 보여 주는 예화이다. 한편 은나라 고종(高宗)은 제사를 행할 때 불길하게 꿩이 울었지만 어진 정치를 베풀어 은나라 정치를 중흥시켰다. 또 춘추시대 정(鄭)나라 때 홍수가 나고 용들이 싸우자 모두 굿을 해야 한다고 했지만 정자산(鄭子産)은 이를 저지시켰다. 제사 때 나타난 꿩이나 용들의 싸움은 불길한 징조로 여겨졌으나 그것은 미신에 불과하다는 것을 말하고 있다.

되지 않게 하소서."

그런 뒤 여러 장수와 병졸을 독려해 공격하니 비담 등이 패배하여 달아났다. 그들을 추격하여 베고 그 일족을 모두 죽였다.

마지막 충언

문무대왕 13년(673) 봄에 괴이한 별이 보이고 지진이 나서 대왕이 근심하자, 김유신이 왕에게 나아가 말했다.

"최근의 이변은 늙은 저에게 있을 재액을 보여 주는 것이지 나라에는 재앙이 없을 것입니다. 왕께서는 근심하지 마십시오."

"그렇다면 과인은 더욱 걱정입니다."

왕은 담당관에게 재앙을 물리치는 기도를 올리도록 명했다.

그해 여름 6월에 군복을 입고 병기를 든 수십 명이 김유신의 집에서 울며 떠나더니 곧 사라지는 것을 사람들이 보았다고 했다. 김유신은 그 말을 듣고 말했다.

"이것은 필시 나를 보호하던 신령의 병사들이 내 복이 다한 것을 보았기에 떠난 것이다. 내가 죽을 때가 되었구나."

김유신은 10여 일 뒤 병들어 자리에 눕게 되었다. 대왕이 직접 찾아와 위문하니 김유신은 대왕에게 말했다.

"저는 온 힘을 다해 대왕을 받들고 싶습니다만 제 병이 이 지경이라 오늘 이후로 다시는 용안을 뵙지 못할 것입니다."

대왕은 눈물을 흘리며 말했다.

"과인에게 그대가 있는 것은 물고기에게 물이 있는 것과 같습니다. 만약 피치 못할 일이 생기면 백성들은 어찌하고 나라는 또 어찌해야 합니까?"

이에 김유신이 대답했다.

"신(臣)은 어리석고 미련한데 나라에 무슨 보탬이 되겠습니까? 다행히 밝으신 왕께서 저를 기용해 의심하지 않으셨고 제게 일을 맡겨 신뢰해 주셨으니, 저는 대왕의 총명함에 의지해 보잘 것없는 공을 이룰 수 있었던 것입니다. 이제 삼한(三韓)이 한집안이 되었고 백성은 두 마음을 갖지 않게 되었으니, 비록 태평 시대에는 이르지 못해도 조금 안정되었다 하겠습니다. 제가 예로부터 대통을 이은 임금들을 살펴보니 처음엔 잘하지만 끝까지 잘하는 경우는 드물어서 결국 여러 세대에 걸쳐 쌓아 올린 공적을 하루아침에 무너뜨리는 것이 너무도 통탄스러웠습니다. 바라건대 전하께서는 공을 이루는 것이 쉽지 않다는 것을 아시고 또한 이룬 것을 지키는 것도 어렵다는 것을 생각하시어 소인을 멀리하시고 군자를 가까이하십시오. 그리하여 위로는 조정을 화합시키고 아래로는 백성과 만물을 안정시키면, 재앙과 난리가 일어나지 않을 것이고 나라는 언제까지나 안전할 것입니다. 그렇게만 된다면 신은 죽어도 여한이 없습니다."

왕은 눈물을 흘리며 그러겠다고 하였다.

7월 1일, 김유신이 자신의 집에서 죽었다. 향년 79세였다.
대왕이 부음을 듣고 크게 슬퍼하였다.

김유신은 가야계 세력으로 권력의 주변에 있었으나 신라 정권에 참여하고 뒤이어 삼국
통일의 대업을 이루며 권력의 핵심에 섰다. 그래서 그의 열전에는 역사적 실제와 더불
어 전설 같은 이야기가 많이 덧붙여져 대단히 드라마틱하다. 김유신은 선덕여왕·태종
무열왕·문무왕을 보필하며 삼한을 통합한 주역이었다. '신라'라는 국체 자체가 그의 인
생이었으니 죽는 순간까지 왕에게 통치의 지혜를 남겨 주고 싶었으리라.

꽃의 우화, 화왕계

신문대왕(神文大王, 재위 681~692)은 한여름 5월에 높고 탁 트인 방에서 설총[1]을 보며 말했다.

"오늘 장마가 개기 시작했고 바람도 선선하구려. 아무리 좋은 음식과 아름다운 음악이 있다 한들 고상한 담론과 재미있는 이야기로 울적한 기분을 푸는 것만 못합니다. 그대는 필시 색다른 이야깃거리를 가지고 있을 테니 나를 위해 말해 보시오."

설총은 알겠다며 이야기를 시작했다.

제가 들은 이야기는 이러합니다. 옛날에 꽃의 왕인 모란이 처음 오니 향기로운 동산에 심고 푸른 장막으로 둘렀습니다. 봄이 되자 모란은 아름답게 피어나서 온갖 꽃을 능가하며 홀로 빼어났습니다. 그러자 가까운 곳 먼 곳에서 곱고 예쁜 꽃의 정령들이 뒤처질까 걱정하며 바삐 달려와 꽃의 왕을 보려고 했습니다.

이때 한 미인이 있었으니, 발그레한 얼굴과 옥 같은 치아에 고운 화장과 말쑥한 차림새로 하늘거리며 와서는 얌전히 앞으로 나와 이렇게 말했습니다.

"저는 눈처럼 흰 모래사장을 밟고, 거울처럼 맑은 바다를 대

---

[1] 설총(薛聰): 신라의 학자로 원효 대사의 아들이다. 경전과 역사에 능통했으며, 이두(吏讀)를 정리하여 집대성하였다.

하며, 봄비로 목욕해 때를 씻고, 맑은 바람을 쐬면서 유유히 사나니, 이름은 장미2_라 합니다. 대왕의 훌륭한 덕망을 듣고 향기로운 휘장 속에서 잠자리를 받들고자 하는데 대왕께서는 저를 받아 주시렵니까?"

또 장부도 하나 있었으니, 베옷에 가죽띠를 매고 백발에 지팡이를 짚고는 어기적어기적 구부정하게 걸어와서 이렇게 말했습니다.

"저는 도성 밖 큰길가에 사는데, 아래로는 아득하게 푸른 들의 풍경을 내려다보고 위로는 우뚝 솟은 산 경치에 의지하고 있습니다. 이름은 백두옹3_이라 합니다. 생각해 보면 옆에서 잘 받들어서 기름진 음식으로 배를 채우고 차와 술로 정신을 맑게 해도, 상자 속에는 모름지기 기운을 보충할 좋은 약과 독을 제거할 침이 있어야 합니다. 그래서 '명주실과 삼실이 있다고 해서 띠풀과 왕골을 버리지 않는 것이니, 나라에 인재가 부족할 때에는 모든 군자를 등용해 써야 하는 것이다'4_라는 말이 있지요. 왕께서도 이러한 생각을 가지고 계십니까?"

이때 어떤 사람이 왕에게 물었습니다.

"두 사람이 왔는데 누구를 취하고 누구를 버리시겠습니까?"

꽃의 왕이 말했습니다.

"장부의 말이 도리에 맞지만 미인을 얻기도 어렵다. 이 일을

2_ 장미(薔薇): 장미과에 속하는 낙엽 관목을 말하지만, 이 글의 식생 묘사를 보면 바닷가에 피는 해당화로 여겨진다.

3_ 백두옹(白頭翁): '머리털이 흰 늙은이'라는 뜻으로, 할미꽃을 의인화한 것이다.

4_ '명주실과 삼실이~써야 하는 것이다' : 『춘추좌씨전』(春秋左氏傳) 「성공」(成公) 편 9년 11월 조에 나오는 말이다.

어찌할까?"

그러자 장부가 나와 말했습니다.

"저는 왕께서 총명하여 도리를 아신다고 생각해 온 것인데 지금 보니 아니었습니다. 대체로 임금이 되신 분들은 간사하고 아첨하는 사람을 가까이하면서 정직한 사람을 멀리하는 경우가 많습니다. 이 때문에 맹자는 한평생 불우하였고, 풍당은 한갓 낭관으로 머리가 세어 버렸습니다.[5] 예로부터 이러했으니 제가 어쩌겠습니까?"

그러자 꽃의 왕은 "내가 잘못했다. 내가 잘못했다"라고 했답니다.

이야기를 들은 신문왕은 슬픈 기색으로 이렇게 말했다.

"그대가 말한 우화에는 실로 깊은 뜻이 있으니 이것을 글로 써서 왕들이 경계를 삼을 수 있게 해 주시오."

그러고는 설총을 높은 관직에 발탁하였다.

5_ 풍당(馮唐)은 한갓 낭관으로 머리가 세어 버렸습니다: 풍당은 젊어서 낭관이 되었다. 한(漢)나라 문제(文帝) 때 좋은 정책을 제안하기도 했지만 천거되지 못하다가 90세에 이르러 천거되었다. 그러나 노쇠하여 벼슬할 수 없어 아들이 대신하게 되었다. 여기서는 뛰어난 인재가 때를 만나지 못해 제대로 등용되지 못한 사례로 언급된 것이다.

이 우화는 모란을 왕으로, 장미를 요염한 미인으로, 할미꽃을 충직하고 지혜로운 노인으로 비유하여 임금에게 넌지시 경계의 말을 전한다. 즉, 임금은 아첨하는 신하들에게 둘러싸여 향락에 빠지지 말고 나라를 위해 쓴소리하는 충직한 인재를 등용할 것이며, 그러한 선비들을 진흥시키는 것이 나라를 유지하는 근본이라는 것을 말하고 있다. 오늘날은 어떤 우화로 계세징인(戒世懲人)할 수 있을까.

장수들의 시대

물풀에 싼 잉어

대무신왕 11년(28) 가을 7월에 한나라 요동태수가 군사를 거느리고 고구려로 쳐들어왔다. 왕은 여러 신하를 불러 모아 전투와 방어의 대책을 물어보았다. 우보(右輔) 송옥구(松屋句)가 말했다.

"덕을 믿는 사람은 번성하고, 힘을 믿는 사람은 망한다고 들었습니다. 지금 중국은 흉년이 들어 도적이 벌 떼처럼 일어나는 상황인데도 정당한 이유 없이 우리나라에 군사를 출동시켰습니다. 이것은 중국 조정에서 정한 정책이 아니라 분명 변방의 장수가 이익을 노리고 우리나라를 제멋대로 침입한 것입니다. 하늘의 이치를 거스르고 사람의 도리에 어긋나는 일이니 한나라 군사는 반드시 성공하지 못할 겁니다. 우리가 험한 지세(地勢)를 이용해 기습 공격을 한다면 반드시 저들을 격파할 수 있을 것입니다."

좌보(左輔) 을두지(乙豆智)가 말했다.

"강한 적수라도 수가 적으면 수가 많은 쪽에 사로잡히게 됩니다. 제가 대왕의 군사와 한나라의 군사를 비교해 어느 쪽이 많은지 헤아려 보니, 계책을 써서 공격할 수는 있어도 힘으로는 이길 수 없겠습니다.”

왕이 물었다.

“계책을 써서 공격하려면 어찌해야 하오?”

을두지가 대답했다.

“지금 한나라 군사들은 멀리서 싸우러 와서 그 서슬을 당할 수가 없습니다. 대왕께서는 성문을 굳게 닫고 지키면서 군사들이 피로해지기를 기다렸다가 나가서 공격하는 것이 좋겠습니다.”

왕이 그러겠다고 하고 위나암성[1]으로 들어가 수십 일 동안 굳게 지켰다. 그러나 한나라 군사는 포위를 풀지 않았다.

왕은 힘이 다하고 군사들도 지쳐 가자 을두지에게 말했다.

“더 이상 방어할 수 없는 형편인데 어떻게 해야 하겠소?”

“한나라 사람들은 이곳이 암석 지대이니 샘이 없을 것이라 생각하고 오랜 시간 포위해 우리가 곤란해지기를 기다리는 것입니다. 그렇다면 연못 속의 잉어를 잡아 물풀로 싸고 맛 좋은 술도 좀 곁들여서 한나라 군사에게 보내 먹여야겠습니다.”

왕이 을두지의 말을 따라 다음과 같은 내용의 편지를 보냈다.

“과인이 우매해서 상국(上國)에 죄를 지어 장군으로 하여금 백만 군사를 이끌고 우리 땅에 와서 비바람을 맞게 했소. 후의에 보답할 것이 없어서 보잘것없는 물건이나마 장군 휘하로 보내오.”

1_ 위나암성(尉那巖城): 유리명왕이 국내성으로 도읍하여 쌓은 성.

이에 한나라 장수는 성안에 물이 있으니 단기간에 함락시킬 수 없겠다 생각하여 다음과 같이 회답했다.

"우리 황제께서 저를 미련타 하지 않으시고 군사를 내어 대왕의 죄를 문책하라고 명하셨습니다. 그리하여 이곳에 온 지 열흘이 넘었으나 방법을 찾지 못했습니다. 그러다 지금 편지를 받고 보니 말씀이 공손하시어 어떻게 해서라도 황제께 보고하지 않을 수 없겠습니다."

그러고는 마침내 물러갔다.

이 사건에 앞서 고구려 대무신왕 9년(26)에는 개마국(蓋馬國)을 정벌하고 그 땅을 군현으로 삼았고, 그 소식을 들은 구다국(句茶國) 왕은 나라를 들어 항복해 와 고구려의 영역은 점점 널리 개척되었다는 기사가 있다. 고구려에는 강역을 확장하고 그것을 지키는 데 활약했던 뛰어난 인물이 많았을 것이다. 그중 대무신왕 때의 장군 을두지의 지략이 이렇게 남아 전하고 있다. 전장에서의 치열한 전투는 기본이고, 싸움 없이 싸우고 지키는 고구려의 전술이 돋보이는 장면이다.

들판 청소 작전

명림답부(明臨荅夫, 67~179)는 고구려 사람이다. 신대왕(新大王, 재위 165~179) 때 나라의 재상이 되었다.

한나라의 현도군(玄菟郡) 태수 경림(耿臨)이 우리 고구려를 치려고 대군을 파견했다. 왕은 여러 신하에게 싸워야 할지 방어만 할지에 대해 의견을 물었다. 이에 여러 신하가 의논하여 말했다

"한나라 군사들은 자기들의 수가 많은 것을 믿고 우리를 가벼이 여기니, 우리가 나가 싸우지 않는다면 저들은 우리가 겁낸다고 여겨 자주 내침할 것입니다. 또 우리나라는 산이 험하고 길이 좁습니다. 이것이 이른바 한 사람이 관문을 지키고 있으면 만 사람이 당해 낼 수 없다는 것입니다. 한나라의 군사가 아무리 많아도 우리를 어쩌지 못할 것이니 군사를 내보내 그들과 맞설 것을 청합니다."

그러자 명림답부가 말했다.

"그렇지 않습니다. 한나라는 크고 백성이 많은데, 이제 저들의 강한 군대가 멀리서 싸우러 왔으니 그 서슬을 당할 수 없습니다. 또한 군사가 많으면 싸워야 하고 군사가 적으면 지키는 것이 병법의 원칙입니다. 지금 한나라 사람들은 천 리나 되는 곳에서

군량을 가져온지라 오래 버틸 수 없을 것입니다. 만약 우리가 해자를 깊이 파고 보루를 높이 쌓은 뒤 들판의 곡식이란 곡식을 모두 거둬들이고 기다린다면, 저들은 분명 한 달도 못 되어 굶주리고 지쳐서 돌아갈 것입니다. 그때 우리가 강하게 몰아붙이면 큰 승리를 거둘 것입니다."

왕은 명림답부의 의견을 받아들여 성문을 닫고 굳게 지켰다. 한나라 측은 공격해 봐야 이기지도 못하고 사졸들도 굶주려 돌아가기로 했다. 그러자 명림답부는 수천 명의 기병을 거느리고 그들을 추격해 좌원(坐原)에서 전투를 벌였다. 한나라 군대는 크게 패해 말 한 필도 돌아가지 못했다.

왕은 크게 기뻐하며 명림답부에게 좌원과 질산(質山)을 하사해 식읍(食邑)으로 삼게 했다.

명림답부는 신대왕 15년(179) 가을 9월에 죽었으니, 향년 113세였다. 왕이 몸소 가서 애통해 하고, 7일 동안 조정 업무를 중지했으며, 예를 갖추어 질산에 장사 지내고, 묘를 지키는 20가구를 배치하였다.

'청야(淸野) 작전', 즉 '들판 청소 작전'이다. 성을 굳게 지키고 적을 지치게 만드는 고구려의 유명한 수성(守城) 작전이다. 청야 작전은 이후 수나라·당나라와의 전쟁에서도 큰 효과를 거두었다. 특히 당나라 태종과 맞붙었던 고구려의 안시성(安市城) 싸움이 대표적인 사례이다.

을지문덕과 살수대첩

을지문덕(乙支文德)의 집안은 자세히 알 수 없다. 그는 자질이 침착하고 의지가 강했으며, 지략이 있는데다가 글도 지을 줄 알았다.

수나라 양제(煬帝, 재위 604~618)가 고구려를 공격하라는 명령을 내렸다. 이에 좌익위대장군(左翊衛大將軍) 우문술(宇文述)은 부여 방면으로 나오고, 우익위대장군(右翊衛大將軍) 우중문(宇仲文)은 낙랑 방면으로 나와서 9군(九軍)과 더불어 압록강에 이르렀다.

한편 을지문덕은 왕명을 받고 수나라 진영으로 가서 거짓으로 항복했다. 그러나 실상은 수나라 진영의 상황을 살펴보려 한 것이었다. 우문술과 우중문은 앞서 수나라 양제의 밀지를 받았는데, 만약 고구려 왕이나 을지문덕을 만나면 붙잡으라는 것이었다. 그래서 우중문 등은 을지문덕을 억류하려 했지만, 위무사(慰撫使)로 온 상서우승(尙書右丞) 유사룡(劉士龍)이 굳이 그만두게 했다.

우중문 등은 을지문덕이 돌아갔다는 말을 듣고 몹시 후회스러워 을지문덕에게 사람을 보내 이렇게 속여 말했다.

"재차 의논할 것이 있으니 다시 오시오."

그러나 을지문덕은 돌아보지도 않고 압록강을 건너 고구려로 돌아왔다.

우문술과 우중문은 을지문덕을 놓치자 내심 불안했다. 우문술은 식량이 떨어졌으므로 돌아가고자 했지만, 우중문은 정예부대로 을지문덕을 추격하면 성공할 수 있다고 했다. 우문술이 말리자 우중문이 화를 내며 말했다.

"장군은 10만 군사를 가지고도 소규모 적군조차 무찌르지 못한다면 무슨 낯으로 황제를 뵈렵니까?"

우문술은 하는 수 없이 우중문을 따라 압록강을 건너 을지문덕을 추격하였다.

한편, 을지문덕은 수나라 군사들의 굶주린 기색을 보고 그들을 고달프게 하고자 매번 싸울 때마다 달아나곤 했다. 우문술 등은 하루에 일곱 번 싸워 모두 이기자 거듭된 승리로 자신이 생긴데다가, 또 여러 사람의 의견에 떠밀려 마침내 동쪽으로 진격하였다. 살수(薩水: 평안북도 서남부를 흐르는 청천강의 옛 이름)를 건너 평양성에서 30리 떨어진 곳에 산을 의지해 진을 쳤는데, 을지문덕이 우중문에게 다음과 같은 시를 보냈다.

신묘한 계책은 하늘의 이치를 꿰뚫었고

기묘한 계략은 땅의 이치를 다하였도다.

전투에 이긴 공 이미 드높으니

만족하고 그만두기를 바라노라.[1]

그러자 우중문은 답서를 보내 을지문덕을 타일렀다.

을지문덕은 다시 사신을 보내 거짓으로 항복하고 우문술에게 이렇게 요청했다.

"만약 군사를 돌린다면 마땅히 왕을 모시고 장수의 거처로 가서 뵙겠소."

우문술은 사졸들이 피폐해져 다시 싸울 수도 없겠고 또 평양성이 험하고 견고해 쉽게 공략하기도 어렵다고 보았다. 그리하여 거짓 항복을 받은 김에 돌아가려고 네모난 형태의 진(陳)을 짜서 행군했는데, 이때 을지문덕이 군대를 출동시켜 사면에서 공격하였다. 우문술 등은 한편으론 전투를 벌이고 한편으론 행군하며 살수에 이르렀다. 수나라 군사들이 살수를 절반쯤 건넜을 때 을지문덕이 군사를 내보내 수나라의 후방 부대를 쳐서 우둔위장군(右屯衛將軍) 신세웅(辛世雄)을 죽였다. 그러자 모든 부대가 걷잡을 수 없이 무너져 버렸다. 9군의 장수와 사졸들이 분주히 달아나 하룻낮 하룻밤 만에 압록강까지 450리를 갔다. 그들이 처음 요하(遼河)를 건너올 때는 9군이 도합 30만

1_ 신묘한 계책은~그만두기를 바라노라: 이 시의 원문은 다음과 같다. "神策究天文, 妙算窮地理. 戰勝功旣高, 知足願云止."

5천 명이었는데, 요동성에 돌아갔을 때는 단지 2천7백 명뿐이
었다.

612년(영양왕 23), '살수대첩'의 역사 기록이다. 을지문덕이 우중문에게 보낸 시는 적
을 높이는 듯도 하고 희롱하는 듯도 하여 문무를 겸비한 고구려 장군의 면모를 잘 보여
준다. 이 시는 우리나라 최초의 한시로 알려져 있다. 우리가 일제 강점기에 민족정신을
일깨우고자 역사 속에서 찾아낸 인물이 바로 을지문덕 장군이었다. 외침을 이겨 낸 역
사 속 용장을 반추하며 독립운동을 준비하기 위해서였다.

평강과 온달

바보 온달

온달(溫達)은 고구려 평강왕[1] 때 사람이다. 용모는 추레하여 우스웠지만 마음은 맑고 순수했다. 집이 너무 가난하여 항상 밥을 구걸해 어머니를 봉양했다. 그는 찢어진 옷에 해진 신발로 저잣거리를 돌아다녔는데, 이 때문에 당시 사람들은 그를 '바보 온달'이라 하였다.

한편 평강왕은 어린 딸이 잘 울자 이렇게 놀렸다.

"네가 줄곧 울어 대어 내 귀를 따갑게 하는 걸 보니 네가 자라면 사대부의 아내가 되지 못할 게 분명하다. 바보 온달에게나 시집보내야겠다."

왕은 매번 그렇게 말했다.

평강왕은 딸이 16세가 되자 상부(上部)[2]의 고(高)씨에게 시집보내려고 하였다. 그러자 공주가 왕에게 말했다.

"대왕께서는 항상 '너는 반드시 온달의 아내가 될 것이다'라고 말씀하시더니, 지금 무슨 일로 말씀을 바꾸십니까? 보통 사람도 식언하지 않으려 하는데 하물며 지존께서 그리하시면 되겠습

1_ 평강왕(平岡王): 고구려 제25대 왕인 평원왕(平原王, 재위 559~590)을 말한다.
2_ 상부(上部): 이 당시 고구려는 수도의 행정 구역을 5부로 나누었는데, 상부는 동부(東部)이다.

니까? 그래서 ‘왕은 농담하는 법이 없다’는 말이 있는 것입니다. 지금 대왕의 분부는 잘못된 것이기에 저는 감히 받들지 못하겠습니다.”

왕이 노하여 말했다.

“네가 내 명령을 따르지 않는다면 내 딸이 될 수 없다. 어찌 같이 살겠느냐? 너는 네 갈 데로 가는 게 마땅하다.”

그리하여 공주는 보석 팔찌 수십 개를 팔에 차고 궁을 나와 혼자 길을 나섰다. 길에서 만난 사람에게 온달의 집을 물어 그의 집에 이르렀다. 공주는 온달의 눈먼 늙은 어미를 보고 가까이 다가가 절하고, 아들이 어디 있는지 물었다. 그러자 늙은 어미가 이렇게 대답했다.

“제 아이는 가난하고 비루해서 귀한 분이 가까이할 만한 인물이 못 됩니다. 지금 아가씨의 냄새를 맡아 보니 보통 사람들과 다른 향기가 나고, 아가씨의 손을 만져 보니 솜처럼 부드럽네요. 분명 천하의 귀하신 분인데, 누구에게 속아서 여기까지 오셨습니까? 제 아들은 마냥 굶주릴 수 없어서 느릅나무 껍질을 벗기러 산에 간 지 한참 되었는데 아직 안 돌아왔습니다.”

공주가 집을 나와 산 밑으로 가니 온달이 느릅나무 껍질을 등에 지고 오는 것이 보였다. 공주가 온달에게 자기의 생각을 말하자 온달이 발끈하며 말했다.

"이건 어린 여자가 할 만한 일이 아니오. 분명 사람이 아니고 여우나 귀신일 터, 내게 가까이 오지 마시오."

그러더니 돌아보지도 않고 가 버렸다. 공주는 혼자 온달의 집으로 돌아와 사립문 아래서 밤을 보내고, 다음 날 아침에 다시 들어가 온달 모자에게 모든 사정을 자세히 이야기하였다. 온달이 망설이며 마음을 정하지 못하자 그의 어머니가 말했다.

"제 자식은 너무 비루해서 귀하신 분의 배필이 되기에 부족하다우. 제 집은 너무 초라해서, 정말이지 귀하신 분이 사시기에 마땅치 않아요."

그러자 공주가 대답했다.

"옛사람들의 말에 '곡식이 한 되뿐이라도 절구에 찧을 수 있고, 베가 한 자만 되어도 바느질할 수 있다'고 했습니다. 진정 마음만 같이한다면 어찌 꼭 부귀해진 이후에야 함께할 수 있겠습니까?"

그러고는 금팔찌를 팔아 밭과 집, 노비, 소와 말, 온갖 기구를 사서 사는 데 필요한 것을 모두 갖추었다.

처음 말을 살 때 공주는 온달에게 이렇게 일렀다.

"절대 시장 사람이 파는 말은 사지 마세요. 모름지기 나라에서 기르던 말 중에서 병들고 야위어 방출된 것을 골라 사십시오."

온달은 그렇게 했다. 공주가 그 말을 부지런히 먹이고 기르니 말은 날로 살지고 건장해졌다.

고구려에서는 매년 봄 3월 3일이면 낙랑의 언덕에 모여 사냥을 하고, 돼지와 사슴을 잡아 하늘과 산천의 신에게 제사를 지냈다. 그날이 되어 왕은 사냥에 나섰고, 여러 신하와 5부의 병사들이 모두 따라갔다. 그리고 온달도 자신이 기른 말을 타고 행차를 따라갔다. 온달은 언제나 다른 사람보다 앞서 달렸고, 잡은 짐승도 많아 그와 견줄 사람이 없었다. 왕이 그를 불러 성명을 묻고는 놀라며 기이하게 여겼다.

온달 장군

이즈음 후주의 무제[3]가 군사를 보내 요동을 공격하자 왕이 군대를 거느리고 배산(拜山)의 들에서 막아 싸웠다. 온달이 선봉에서 날쌔게 싸워 수십여 명의 목을 베니 군사들이 승세를 타고 떨쳐 싸워 크게 이겼다. 전쟁의 공로를 논할 때 온달을 제일로 치지 않는 이가 없었다. 이에 왕이 훌륭히 여겨 감탄하며 말했다.

"이 사람이 내 사위다!"

왕은 예를 갖추어 온달을 사위로 맞이하고, 작위를 내려 대

3_ 후주의 무제: 후주(後周)는 남북조시대의 북주(北周)를 말한다. 무제(武帝, 재위 561~578)는 당시 중국의 북방을 통일하여 국세를 크게 떨쳤다.

형(大兄: 고구려의 9관등 중 다섯째 관등)으로 삼았다. 이리하여 총애는 더욱 두터워지고 권위는 날이 갈수록 높아졌다.

양강왕4_이 즉위하자 온달은 다음과 같이 아뢰었다.

"신라가 우리 한강의 북쪽 땅을 점령해 자기들의 군현(郡縣)으로 삼자 그곳 백성들이 가슴 아프게 한탄하면서 부모의 나라를 잊지 않고 있습니다. 대왕께서는 저를 어리석다 마시고 군사를 내어 주십시오. 가서 기필코 우리 땅을 되찾겠습니다."

왕이 허락하였다. 온달은 떠나면서 이렇게 맹세했다.

"계립현(鷄立峴: 조령鳥嶺)과 죽령(竹嶺) 서쪽을 우리 땅으로 되찾지 못하면 돌아오지 않겠습니다."

마침내 온달은 출정하여 아차성(阿且城: 지금의 서울시 광진구 아차산에 있던 산성) 아래에서 신라 군과 싸우다가 날아온 화살에 맞아 전사하고 말았다.

온달의 장사를 지내려는데 관이 움직이지 않았다. 평강 공주가 와서 관을 어루만지며 말했다.

"죽고 사는 것은 결정이 났습니다. 아아, 돌아가십시오."

마침내 관이 들려 장사를 지내게 되었다. 대왕이 이 소식을 듣고 비통해 하였다.

4_ 양강왕(陽岡王): 고구려 제26대 왕인 영양왕(嬰陽王, 재위 590~618)을 말한다.

온달(溫達, ?~590)과 평강에게서 고구려의 기상을 느낀다. 신분과 상관없이 자신의 길을 찾아 나서고 지혜롭게 삶을 일구어 가는 평강에게서 고구려 여인의 당찬 모습을 본다. 그리고 삼국 간의 전쟁터에서 활약하고 죽어 간 장군 온달에게서 고구려의 투지를 본다.

삼국을 통일한 김유신

화랑 김유신

김유신은 15세에 화랑이 되었다. 당시 사람들이 김유신을 기꺼이 따라서 김유신을 추종하는 무리를 용화향도(龍華香徒)라 불렀다.

진평왕 건복(建福) 28년(611), 그때 김유신은 17세였다. 김유신은 고구려와 백제와 말갈이 신라 강토를 침범하는 것을 보고 의분이 북받쳐 외적들을 평정할 뜻을 품었다. 그리하여 홀로 중악(中嶽: 지금의 경상북도 경주시 서면 단석산)의 석굴에 들어가 재계하고 하늘에 이렇게 맹세했다.

"적국이 무도하여 호랑이와 이리 떼처럼 우리 강토를 어지럽히니 평안한 날이 없습니다. 저는 일개 미천한 신하로서 재주와 힘은 보잘것없으나 나라의 환란을 없애겠다는 뜻을 가지고 있습니다. 바라옵건대 하늘은 굽어 살피시어 저를 도와주소서."

나흘 뒤, 거친 베옷을 입은 한 노인이 홀연히 나타나서 물었다.

"이곳은 독충과 맹수가 들끓는 두려운 곳인데, 귀공자가 이

외진 곳에 무슨 까닭으로 왔는가?"

"어르신께서는 어디에서 오셨습니까? 어르신의 존함을 알려주실 수 있겠습니까?"

"나는 정처 없이 인연에 따라 오가는 사람으로, 이름은 난승(難勝)이라 하네."

김유신은 그 말을 듣고 범상치 않은 사람인 줄 짐작하여 두 번 절하고 나아가 말했다.

"저는 신라 사람입니다. 나라의 원수를 보면 가슴이 쓰리고 머리가 아파 혹시 이곳에 오면 무슨 방법을 찾지 않을까 싶었습니다. 엎드려 바라옵건대 어르신께서는 저의 정성을 가엾게 여기시어 방법을 가르쳐 주십시오."

노인이 아무 말도 하지 않자 유신은 눈물을 흘리며 간청하기를 예닐곱 차례나 하였다. 그제야 노인은 말문을 열었다.

"어린 그대가 삼국을 통일할 마음을 가지고 있다니 장하네!"

노인은 비법을 전수해 주고 말했다.

"배운 것을 함부로 전해선 안 되네. 만약 의롭지 못한 데 쓰면 도리어 그 재앙을 받을걸세."

노인은 말을 마치자마자 떠났다. 2리쯤 멀어져 갈 즈음 유신이 쫓아가 둘러보았으나 노인은 보이지 않고 오직 산 위에 오색 빛만 찬연하였다.

우리 집 물맛은 여전하구나

선덕여왕 14년(645) 정월, 김유신이 전장에서 돌아와 아직 왕을 뵙지도 못했는데, 국경을 지키는 관리로부터 급한 보고가 전해졌다. 백제의 대군이 쳐들어와 우리 매리포성(買利浦城: 지금의 경상남도 거창에 있던 성)을 공격한다는 것이었다. 왕이 다시 김유신을 상주장군(上州將軍)으로 삼아 백제 군을 막게 했다. 김유신은 왕명을 받자마자 곧바로 말에 올라 처자식도 만나 보지 않은 채 백제 군사를 맞아 싸워 패배시키고 적군 2천 명의 머리를 베었다.

봄 3월에 김유신이 왕궁에 돌아와 보고하고 미처 집에 돌아가지 못하고 있는데, 또다시 급보가 들어왔다. 백제 군대가 국경에 나와 주둔하면서 대대적으로 우리 신라를 치려 한다는 것이었다. 왕은 다시 김유신에게 이렇게 일렀다.

"공은 수고를 마다하지 말고 급히 가서 적군이 오기 전에 대비하기 바라오."

김유신은 또 집에 들르지 않은 채, 군사를 조련하고 무기를 정비하여 서쪽을 향해 떠났다.

이때 김유신의 집안사람들이 모두 문 밖에 나와 김유신을 기다리고 있었다. 김유신은 문 앞을 지나가면서 돌아보지도 않고 갔다. 그러다 50걸음쯤 더 가서 말을 멈춰 세우더니, 집에서 마실 물을 가져오게 하여 마시고는 말했다.

"우리 집 물맛은 여전하구나!"

그러자 군사들이 모두 말했다.

"대장군께서도 이렇게 하시는데, 우리들이 어찌 가족과 이별하는 것을 한스러워할 것인가?"

김유신이 국경에 이르니 백제인들은 우리 신라 군사를 보고 감히 덤비지 못하고 물러갔다. 대왕이 그 소식을 듣고 매우 기뻐하며 김유신에게 관작과 상을 더해 주었다.

김유신은 삼국 통일을 이루어 낸 전쟁 영웅이자 통일신라를 연 개국 공신이었으므로 눈부신 활약을 기록한 기사가 많이 남아 있다. 한편 영웅의 일생은 과장된 이야기로 부풀려지고, 공적은 극적으로 미화되기 마련이다. 그래서 기이한 탄생 설화도 전해지고, 신령의 도움으로 삼국 통일을 이루었다는 식의 이야기도 만들어졌다. 김부식이 살던 고려 시대의 시골 아이들까지도 김유신의 이런 여러 일화를 줄줄 꿰고 있었다고 한다.

신라의 첩자, 거칠부

거칠부(居柒夫)는 성이 김씨이다. 내물왕의 5대손으로 조부는 각간을 지낸 잉숙(仍宿)이고, 아버지는 이찬을 지낸 물력(勿力)이다.

거칠부는 젊은 시절에 껄렁한 데가 있었는데, 원대한 뜻을 품더니 머리를 깎고 승려가 되어 사방으로 돌아다녔다. 그러다 고구려를 염탐하려고 고구려 땅으로 들어갔는데, 혜량(惠亮) 법사가 불당을 열어 불경을 해설한다는 말을 듣고 찾아가 불경 강의를 들었다. 하루는 혜량 법사가 물었다.

"스님은 어디서 왔소?"

거칠부가 대답했다.

"저는 신라 사람입니다."

그날 저녁 법사가 그를 불러서 만났다. 법사는 그의 손을 잡고 은밀히 말했다.

"내가 많은 사람을 겪어 봤는데 그대의 모습을 보니 분명 보통 사람이 아니오. 아무래도 그대는 다른 마음을 품고 있지 싶소."

거칠부가 대답했다.

"저는 외진 곳에서 태어나 도(道)에 대해 듣지 못하다가 법사님의 덕망을 듣고 찾아와 뒷자리에 끼었습니다. 법사님께서는 저를 거부하지 마시고 저의 어리석음을 깨우쳐 주십시오."

그러자 법사가 말했다.

"내 불민한 노승이지만 그대가 어떤 사람인지 알 수 있소이다. 이 나라가 비록 작아도 알아보는 사람이 없을 수 없소. 그대가 잡힐까 봐 은밀히 알려 주는 것이니 어서 돌아가시오."

거칠부가 돌아가려 하자 법사가 또 말했다.

"그대의 상을 보니 제비턱에 매의 눈이라 장차 분명 장수가 되겠소. 만약 그대가 군사를 거느리고 이 나라에 오게 되면 내게 해를 입히지 마시오."

거칠부가 말했다.

"법사님 말씀과 같이 된다면 법사님에게 좋지 않은 일을 하지 않겠다고 밝은 해를 두고 맹세하겠습니다."

마침내 거칠부는 신라로 돌아와 승려를 그만두고 벼슬길로 나가니 관직이 대아찬에 이르렀다. 진흥왕 6년(545)에는 왕명을 받아 여러 문인학사들을 모아 『국사』(國史)를 찬수하였고, 파진찬(波珍湌: 신라의 17관등 중 넷째 관등) 벼슬이 더해졌다.

진흥왕 12년(551)에 왕은 거칠부 외 8명의 장군에게 백제와

1_ 백좌강회와 팔관법: 백좌강회(百座講會)는 내란과 외침을 방어하고 제거하기 위해 100좌의 불상, 100좌의 보살상, 100좌의 사자좌를 마련하고, 100명의 법사를 초청해 『인왕반야경』을 강독하게 하는 법회로 호국 불교 의식이라고 할 수 있다. 팔관법(八關法)은 팔관재(八關齋)를 말하는데, 원래 불교의 여덟 가지 금계(禁戒)를 준수하는 의식이다. 이때의 팔관재는 전쟁 전몰자를 추념하고 충성을 권면하기 위한 것이어서 고려의 팔관회와는 성격이 다르다.

연합하여 고구려를 침공하라고 명했다. 백제인들이 먼저 평양을 공격하였고, 거칠부 등은 승리의 여세를 몰아 죽령 이북의 고현(高峴) 안에 있는 10개 군을 손에 넣었다.

이때 혜량 법사가 그 무리를 이끌고 길가에 나와 있었다. 거칠부가 말에서 내려 군대의 예법으로 절을 올리고 나아가 말했다.

"예전에 유학할 때 저는 법사님의 은혜로 목숨을 보전할 수 있었습니다. 지금 우연히 만나 뵙게 되니 어찌 보답해야 할지 모르겠습니다."

그러자 법사가 대답했다.

"지금 우리 고구려의 정치가 어지러워 망할 날이 얼마 남지 않았으니 나를 그대의 나라로 데려가 주시오."

그리하여 거칠부는 혜량 법사를 함께 태우고 돌아와 왕을 알현하게 했다. 왕은 법사를 승통(僧統: 승려의 최고위직)으로 삼았고, 이때부터 백좌강회와 팔관법[1]이 실시되었다.

진지왕(眞智王, 재위 576~579) 원년(576)에 거칠부는 상대등이 되어 군사와 정치를 맡아 담당했다. 향년 78세에 집에서 사망했다.

거칠부(502~579)는 껄렁한 중 노릇 하던 첩자로 시작했으나 마침내 신라의 군사와 국정을 함께 아우르는 최고의 지위까지 오른 인물이다. 삼국시대는 서로 각축을 벌이던 전쟁의 시대였다. 이런 시대엔 상대국의 정세와 정보를 수집하는 첩자의 역할이 크다. 그래서 삼국시대는 첩자들의 시대이기도 했다.

나무 사자로 우산국을 위협한 이사부

이사부(異斯夫, 재위 500~514)는 김씨이고, 신라 내물왕(奈勿王)의 4대손이다.

지증왕(智證王, 재위 500~514) 때 변방의 관리가 되었는데, 거도(居道)의 책략을 모방해 말을 타고 놀이하는 것처럼 속여 가야국을 빼앗았다.[1]

지증왕 13년(512)에 이사부는 아슬라(阿瑟羅: 지금의 강원도 강릉시) 군주(軍主)가 되어 우산국(于山國: 지금의 울릉도)을 신라에 병합시키고자 하였다. 이사부는 생각했다.

'그 나라 사람들은 어리석고 사나워서 힘으로 항복시키기 어렵지만 계략을 쓰면 복속시킬 수 있을 것이다.'

그리하여 나무로 사자를 많이 만들어 전함에 나누어 싣고 우산국 해안으로 가서 이렇게 거짓으로 말했다.

"항복하지 않으면 이 맹수들을 풀어 너희들을 밟아 죽일 것이다."

우산국 사람들은 두려워하며 즉시 항복하고 말았다.

---

[1] 거도의 책략을~가야국을 빼앗았다: 이사부가 대가야를 침략할 때 선택한 작전은 오래전 신라의 '거도'(居道)라는 장수가 주변의 소국을 정벌할 때 썼던 것이다. 즉, 정복할 국가의 주변에서 말놀이를 하는 척하며 적의 경계를 풀게 한 뒤 갑자기 기습하는 것이었다.

　　진흥왕 11년(550)에 백제가 고구려의 도살성(道薩城: 지금의 충청남도 천안시)을 함락하고, 고구려는 백제의 금현성(金峴城: 지금의 충청남도 연기군 금성산으로 추정)을 함락하였다. 진흥왕은 두 나라 군사들이 피로에 지친 틈을 타서 이사부에게 군사를 출동시켜 공격하게 하였다. 그리하여 두 성을 탈취하고 증축해서 무장한 군사를 주둔시켜 지켰다. 이때 고구려에서 군사를 보내 금현성을 공격했으나 이기지 못하고 돌아가는데, 이사부가 추격해 크게 이겼다.

이사부는 진흥왕의 정복 전쟁 전성기에 주변 영토를 차지해 간 전쟁 영웅 중 한 사람이었다. 이사부는 신라 군사들이 말을 타고 노는 것처럼 보이게 한 뒤 급습해 가야를 취했다. 그리고 세상 물정 모르는 우산국 백성들에게 나무로 깎은 사자들로 겁을 주어 항복을 얻어 내 우산국을 신라의 영토로 병합시켰다. 이사부는 고구려·백제와 벌인 영토 전쟁에서도 활약하였다.

멸망한 나라의 장군, 흑치상지

흑치상지(黑齒常之)는 백제 서부(西部) 사람이다. 키는 7척이 넘는데다가 힘이 세고 용감하며 지략까지 있었다. 그는 백제의 달솔(達率: 백제의 16관등 중 둘째 관등) 겸 풍달군(風達郡)의 장수였다. 이것은 당나라의 자사(刺史)와 같은 직급이라고 한다.

소정방¹⁻이 백제를 평정했을 때 흑치상지는 자신의 관할 지역을 들어 항복했다. 그러나 소정방이 늙은 의자왕을 가두고 병사들에게 대대적인 약탈을 하게 하자, 흑치상지는 위협을 느끼고 측근 장관 10여 명과 함께 도망쳤다. 흑치상지가 달아난 사람들을 불러 모아 임존산(任存山: 지금의 충청남도 예산군 대흥면에 있는 산)에 의지해 굳게 지키니, 열흘이 지나지 않아 그를 따르는 사람이 3만 명이나 되었다. 소정방이 군사를 통솔해 그들을 공격했으나 이기지 못했다. 흑치상지는 이렇게 해서 200여 채의 성을 다시 찾았다.

용삭 연간²⁻에 당나라 고종이 사신을 보내 흑치상지를 불러

1_ 소정방(蘇定方, 592~667): 중국 당(唐)나라의 장수로, 신라와 연합한 나당 연합군의 대총관이었다.

2_ 용삭(龍朔) 연간: 당나라 고종(高宗) 때인 661년에서 663년 사이를 말한다.

회유하자 흑치상지는 유인궤(劉仁軌)에게 항복했다. 그리고 당나라로 들어가 좌령군원외장군(左領軍員外將軍) 양주자사(佯州刺史)가 되었다. 그 뒤 여러 차례 정벌에 나서 공을 쌓고 벼슬과 상을 받았다. 그 얼마 뒤에는 연연도대총관(燕然道大摠管)이 되어 이다조(李多祚) 등과 함께 돌궐을 쳐부수었다. 그런데 좌감문위중랑장(左監門衛中郎將) 보벽(寶璧)이 끝까지 돌궐을 추격해 공을 세우려고 하자 황제가 조서를 내려 흑치상지에게 함께 공격하게 했다. 그러나 보벽은 혼자 진격했다가 돌궐에게 전군이 궤멸당하고 말았다. 보벽은 처형되었고, 흑치상지는 아무것도 하지 않아 공을 세우지 못했다는 이유로 처벌당하게 되었다. 그때 마침 주흥(周興) 등이 흑치상지가 응양장군(鷹揚將軍) 조회절(趙懷節)과 함께 반역했다고 무고를 했다. 흑치상지는 잡혀서 옥에 갇혔다가 교수형에 처해졌다.

흑치상지는 아랫사람들을 인정으로 대했다. 한번은 흑치상지가 타고 다니는 말을 병사가 채찍질한 일이 있었다. 어떤 이가 그 병사를 처벌하라고 하자 흑치상지는 이렇게 대답했다.

"어찌 나 개인의 말 때문에 병사를 때리겠는가?"

흑치상지는 자신이 받은 상을 남김없이 휘하에 나누어 주었다. 그가 죽자 모든 사람이 그의 억울함을 슬퍼하였다.

백제가 멸망한 뒤, 흑치상지는 백제의 부흥을 위해 싸웠지만 결국 백제 부흥군을 모두 이끌고 당나라 군대에 항복하게 되었다. 그리고 그곳에서 장수로서 활약했지만 결국은 모함으로 죽음을 맞이했다. 나라를 잃고 떠돌던 장수의 쓸쓸한 마지막이었다. 백제 왕조가 멸망한 이후 3년간 계속된 백제 부흥 운동은 여기서 대단원의 막을 내렸다.

바다의 장보고

장보고와 정년

장보고(張保皐)와 정년(鄭年)은 모두 신라인이다. 그러나 그들의 고향과 조상은 알 수 없다. 두 사람 모두 싸움을 잘했다. 정년은 바닷속에서 숨을 쉬지 않고 50리를 갈 수 있었다. 그들의 용맹을 비교하자면 장보고가 조금 못 미치지만, 정년은 장보고를 형이라 불렀다. 장보고는 나이로, 정년은 기예로 항상 부딪히며 서로 지지 않으려 했다. 두 사람은 당나라로 가서 무령군소장(武寧軍小將)이 되었는데, 말달리고 창 쓰는 데는 그들을 대적할 사람이 없었다.

그 뒤 장보고는 신라로 돌아와 흥덕왕(興德王, 재위 826~836)에게 아뢰었다.

"중국 어디서나 우리 신라인들을 노비로 삼고 있습니다. 바라옵건대 청해(淸海)에 진영을 설치하여 해적들이 우리나라 사람들을 잡아 중국으로 데려가지 못하게 해 주십시오."

청해는 신라 바닷길의 요충지로, 지금은 완도라고 하는 곳이다. 이에 대왕이 장보고에게 군사 1만 명을 주었다. 그 후로 해상에서 우리 신라 사람들을 파는 일이 없어졌다.

이렇게 장보고는 귀하게 되었으나, 정년은 관직을 떠나 주리고 헐벗은 채 사수의 연수현[1]에 있었다. 하루는 정년이 수비 장수인 풍원규(馮元規)에게 말했다.

"나는 동쪽으로 돌아가 장보고에게 의탁해야겠소."

그러자 풍원규가 말했다.

"자네는 장보고와 어떤 사이인가? 왜 돌아가 그의 손에 죽으려 하는가?"

정년은 이렇게 대답했다.

"굶주리고 헐벗어 죽는 것보다야 싸우다 죽는 것이 장쾌하오. 더구나 고향에서 죽는다면야."

마침내 정년은 장보고를 찾아갔다. 둘은 술을 마시면서 몹시 기뻐하였다. 그런데 술자리가 채 끝나지 않았을 때, 왕이 시해되고 나라가 어지러워져 나라에 주인이 없다는 소식을 듣게 되었다. 장보고는 병사를 반으로 나누어 5천 명을 정년에게 주면서 정년의 손을 붙잡고 울며 말했다.

"자네가 아니면 이 난리를 평정할 수 없네."

정년은 신라로 들어가 반역자를 처벌하고 왕을 세웠다. 그리하여 새로 즉위한 신무왕(神武王, 재위 839)은 장보고를 불러 재상으로 삼고, 정년은 장보고를 대신하여 청해를 지키게 하였다.

1_ 사수의 연수현: 사수(泗水)는 회수(淮水)의 한 지류이고, 연수현(漣水縣)은 지금의 강소성 연수 지방이다.

장보고의 죽음

문성왕(文聖王, 재위 839~857) 즉위년(839) 가을 8월에 죄수를 크게 사면하고 교서를 내려 말했다.

"청해진대사(淸海鎭大使) 궁복2_은 병사를 동원해 내 아버지 신무왕을 도와서 희강왕(僖康王, 재위 836~838)을 죽게 한 큰 적을 없앴으니 그 공적을 어찌 잊을 수 있겠는가?"

그리고 그를 진해장군(鎭海將軍)으로 임명하고 예복을 내려주었다.

문성왕 7년(845) 봄 3월에 왕이 청해진대사 궁복의 딸을 맞이해 둘째 왕비로 삼으려 하자, 조정의 신하들이 이렇게 간했다.

"부부가 되는 이치는 사람의 큰 윤리입니다. 그러므로 하나라 우임금은 도산씨로 인해 흥성했고, 은나라 탕왕은 신씨로 인해 창성했으며, 주나라는 포사 때문에 멸망했고, 진나라는 여희 때문에 어지러워졌던 것입니다.3_ 나라가 보존되고 패망하는 것이 여기에 달려 있으니 어찌 신중하지 않을 수 있겠습니까? 지금 저 궁복은 섬사람인데 어찌 그의 딸을 왕실의 배필로 삼을 수 있겠습니까?"

왕이 그 말을 따랐다.

2_ 궁복: 「열전」에는 장보고로 되어 있고, 「신라본기」에는 궁복(弓福)으로 되어 있다.

3_ 하나라 우임금은~어지러워졌던 것입니다: 하나라 우왕(禹王)의 비는 도산씨(塗山氏)이고, 은나라 탕왕(湯王)의 비는 신씨(娎氏)이다. 성군으로 알려진 우왕과 탕왕이 현숙한 부인을 맞이했기에 나라가 흥성했다는 것이다. 한편 주나라의 유왕(幽王)은 포사(褒姒)를 비로 삼아 총애하다가 적국의 침략을 받아 망했다. 진(晉)나라 헌공(獻公)은 여희(驪姬)를 비로 삼아 왕위 계승 다툼의 혼란에 빠졌다. 잘못된 배필을 만나면 개인적으로나 국가적으로 패망하리라는 것이다.

　문성왕 8년(846) 봄에 청해진의 궁복은 왕이 자기 딸을 받아들이지 않는 것을 원망하여 청해진에 웅거해 반역하였다. 조정에서는 이를 토벌하자니 뜻밖의 환란이 있을까 염려되고, 그대로 두자니 그 죄가 용서할 수 없는 것인지라, 어떻게 처리할 바를 모르고 근심하였다. 당시 용맹과 힘으로 유명했던 무주 사람 염장(閻長)이 찾아와 말했다.

　"조정에서 다행히 제 말을 들어준다면 제가 한 사람의 군사도 번거롭게 하지 않고 맨주먹으로 궁복의 머리를 베어 바치겠습니다."

　왕이 그의 말을 따랐다.

　염장은 짐짓 나라에 반역한 것처럼 하여 청해진에 몸을 의탁하였다. 궁복은 장사를 아꼈던 터라 아무 의심도 하지 않고 염장을 상객으로 삼고, 그와 더불어 술을 마시면서 매우 기뻐하였다. 급기야 술에 취하자 염장은 궁복의 칼을 빼앗아 목을 벤 다음 궁복의 무리를 불러 설득하니, 그들은 엎드려 감히 움직이지 못하였다.

　문성왕 13년(851) 봄 2월에 청해진을 없애고 그곳 백성을 벽골군(碧骨郡 : 지금의 전라북도 김제)으로 옮겼다.

삼면이 바다인 나라건만 해양이 무대였던 역사는 왜 이렇게 없는 것일까? 장보고는 우리 역사에서 유일하게 장쾌한 바다 이야기를 들려준다. 장보고는 해적을 소탕하고 중국과 일본을 잇는 국제 무역을 주도하며 동아시아 바다를 장악했다. 그러나 이후 장보고는 거대 지방 세력으로 성장하면서 중앙 정치에 관여하다가 말년에는 암살당한다.

꽃잎처럼 스러져 간

호동 왕자

대무신왕 15년(32) 여름 4월에 왕자 호동(好童)이 옥저(沃沮: 지금의 함경도 함흥 일대)를 유람하는데 낙랑 왕 최리(崔理)가 지나다가 그를 보고 물었다.

"그대의 얼굴을 보니 보통 사람이 아니로군. 북국(北國) 신왕(神王)의 아들이 아닌가?"

그러고는 호동을 데리고 돌아가 자기 딸을 아내로 삼게 했다.

그 뒤 호동은 귀국해서 몰래 사람을 보내 최씨의 딸에게 이렇게 알렸다.

"당신이 당신 나라의 무기고에 들어가 북을 찢고 뿔피리를 부숴 버린다면, 나는 예를 갖추어 당신을 맞아들일 것이오. 그렇게 하지 않는다면 맞아들이지 않겠소."

전부터 낙랑에는 적병이 오면 저절로 울리는 북과 뿔피리가 있었는데, 호동이 그것을 부수려고 한 것이다. 이에 최씨의 딸은 날카로운 칼을 지니고 몰래 무기고에 들어가 북의 가죽을 찢고 뿔피리의 입을 잘라 버린 다음 호동에게 알렸다. 호동은 왕에게 권하여 낙랑을 습격했다. 최리는 북과 뿔피리가 울리지 않아 대비하지 않다가, 우리 고구려 군사가 성 밑까지 엄습해 온 뒤에야 북과 뿔피리가 모두 부서진 것을 알게 되었다. 마침내 최리는 자기 딸을 죽이고 나와서 항복하였다.

그해 겨울 11월에 왕자 호동이 자살했다. 호동은 대무신왕의 둘째 왕비인 갈사왕(曷思王) 손녀의 소생이었다. 얼굴이 수려하여 왕이 매우 예뻐했기에 이름을 호동(好童)이라 하였다. 첫째 왕비는 호동이 자기 아들의 적통을 빼앗고 태자가 될까 봐 두려워하다가 왕에게 이렇게 참소하였다.

"호동은 저에게 예의 없이 대하는데 아무래도 음란한 짓을 저지를 듯합니다."

왕이 말했다.

"당신은 호동이 다른 사람 소생이라서 미워하는 거요?"

왕비는 왕이 자기 말을 믿지 않는 것을 알고 화가 미칠까 두려워서 곧 눈물을 흘리며 이렇게 말했다.

"대왕께서 은밀히 살펴보십시오. 만약 이런 일이 없다면 저 스스로 죄에 대한 처벌을 받겠습니다."

왕비가 그렇게 나오니 대왕은 호동을 의심하지 않을 수 없어 처벌하려 했다. 그러자 어떤 사람이 호동에게 물었다.

"그대는 왜 자신을 해명하지 않습니까?"

호동이 대답했다.

"내가 해명하면 어머니의 악행이 드러나고 왕께 걱정을 끼치게 될 것입니다. 그런 것을 효(孝)라고 할 수 있겠습니까?"

그러더니 곧 칼을 품고 엎어져 죽었다.

호동 왕자는 아름다운 외모 때문에 슬픈 성공을 이루었고 또 비극적으로 자결하고 만다. 자명고(自鳴鼓)는 적군이 쳐들어올 때 스스로 울리는 신비한 북이라고 하는데, 혹자는 신비한 북이 아니라 봉화를 통해 전해진 적의 침공 소식을 받고 공습경보용으로 북을 울린 것이라고 해석하기도 한다.

헛되이 죽지 않으리

밀우(密友)와 유유(紐由)는 모두 고구려 사람들이다.

고구려 동천왕(東川王, 재위 227~248) 20년(246)에 위(魏)나라의 유주자사(幽州刺史) 관구검(毌丘儉)이 군사를 거느리고 침입해 환도성(丸都城: 지금의 중국 길림성 집안시 통구에 위치)을 함락시켰다. 동천왕이 성을 빠져나와 달아나는데 위나라 장군 왕기(王頎)가 뒤쫓았다. 그래서 왕이 남옥저(南沃沮)로 달아나려고 죽령(竹嶺: 지금의 함경도 함흥 서북쪽 중령中嶺)에 이르니 군사들은 거의 다 달아나 흩어지고 오직 동부(東部)의 밀우 한 사람만 옆에 있었다. 밀우가 왕에게 아뢰었다.

"지금 추격하는 병사가 매우 가깝게 다가와 벗어날 수 없는 형편입니다. 제가 결사적으로 막겠으니 왕께서는 피하십시오."

그리하여 밀우는 결사대를 모아 함께 적진을 향해 나아가 힘껏 싸웠고 이때 왕은 간신히 탈출하였다. 왕은 산골짜기에 의지해 흩어져 있던 병사들을 모아 스스로 방어하며 이렇게 말했다.

"만약 밀우를 구할 사람이 있다면 그에게 후한 상을 내릴 것이다."

그러자 하부(下部)의 유옥구(劉屋句)가 앞으로 나와 말했다.

“제가 한번 가 보겠습니다.”

마침내 유옥구는 싸움터에 쓰러져 있는 밀우를 발견하고 업어 왔다. 왕이 밀우를 자신의 무릎에 눕히고 돌보니 밀우는 한참 후에 깨어났다.

왕은 이리저리 숨어 다니며 남옥저까지 왔지만 위나라 군사는 추격을 멈추지 않았다. 왕은 대책도 없고 형세도 어려워 어찌할 바를 몰랐다. 이때 동부 사람 유유가 나와 말했다.

“형세가 매우 위급하지만 헛되이 죽을 수는 없습니다. 제게 어리석은 계책이 있습니다. 음식을 가져가 위나라 군사들에게 대접하다 틈을 노려 위나라 장수를 찔러 죽이는 것입니다. 만일 제 계책이 성공하면 왕께서는 떨쳐 공격하시어 반드시 승리하십시오.”

왕이 좋다고 하였다. 그리하여 유유는 위나라 군대로 들어가 거짓으로 항복하며 말했다.

“우리 임금은 대국에 죄를 짓고 달아나 바닷가까지 갔지만 몸 둘 곳이 없습니다. 그래서 귀국의 진영에 나와 항복하고 형리에게 목숨을 맡기려고 하시는데, 우선 저를 보내 변변치 않은 물건이나마 종군한 병사들을 위해 드시게 하고자 하십니다.”

위나라 장수가 유유의 말을 듣고 항복을 받아들이려 하였다. 그때 유유가 음식 그릇에 칼을 숨기고 앞으로 나가서는 칼을 뽑

아 위나라 장수의 가슴을 찌르고 그도 함께 죽으니 위나라 군대
가 혼란에 빠졌다. 왕은 군사를 세 방면으로 나누어 급습했고,
위나라 군대는 우왕좌왕 진을 치지 못하더니 마침내 낙랑에서
물러났다.

　왕은 나라를 회복한 뒤 전공을 논하며 밀우와 유유를 제일로
삼았다.

고구려 동천왕은 성품이 인자하여, 동천왕이 죽자 나라에서 금하는데도 신하들 중 왕
을 따라 스스로 죽은 이가 많았다고 한다. 밀우를 구하고 돌보는 왕의 모습을 통해 그의
성품을 엿볼 수 있고, 그렇기에 유유 같은 살신성인(殺身成仁)의 인물이 나올 수 있었
음을 짐작할 수 있다.

왕명을 위해 목숨을 바친 박제상

박제상(朴堤上)은 시조 박혁거세의 후예이고 파사 이사금(婆娑尼師今, 재위 80~112)의 5세손이다. 조부는 아도(阿道) 갈문왕(葛文王)이고, 아버지는 파진찬(波珍湌) 벼슬을 한 박물품(朴勿品)이다. 박제상도 벼슬하여 삽량주(歃良州)의 관리가 되었다.

당초에 신라는 실성왕(實聖王, 재위 402~417) 원년(402)에 왜(倭)와 화의를 맺었는데, 왜왕이 내물왕(奈勿王)의 아들 미사흔(未斯欣)을 인질로 내줄 것을 요구하였다. 실성왕은 일찍이 내물왕이 자신을 고구려에 인질로 보냈던 것을 원망하여 내물왕의 아들에게 그 한을 풀 생각으로 거절하지 않고 보냈다.[1] 실성왕 11년(412)에는 고구려에서도 미사흔의 형 복호(卜好)를 인질로 데려가려 하자 대왕은 복호를 고구려로 보냈다.

눌지왕(訥祇王, 재위 417~458)이 즉위하자[2] 왕은 언변이 뛰어난 선비를 보내 인질로 간 두 아우를 돌아오게 하고 싶었다. 왕은 수주촌(水酒村) 관리 벌보말(伐寶靺)과 일리촌(一利村) 관리 구리내(仇里迺)와 이이촌(利伊村) 관리 파로(波老), 이 세 사람이 현명하고 지혜롭다는 말을 듣고 그들을 불러 말했다.

1_ 실성왕은 일찍이~않고 보냈다: 내물왕이 죽자 그의 아들이 어리므로 나라 사람들이 실성을 옹립해 왕위를 잇게 하였다. 그런데 실성이 왕위에 오르기 전인 내물왕 37년(392)에 내물왕은 실성을 고구려에 인질로 보낸 바 있었다. 실성왕이 이것을 원망하고 있었기에 왜에서 내물왕의 아들을 볼모로 삼기를 원하자 거절하지 않고 미사흔을 보낸 것이다.

2_ 눌지왕이 즉위하자: 실성왕은 즉위 후 과거에 내물왕이 자신을 볼모로 보냈던 것을 원망하여 내물왕의 아들들을 볼모로 보냈는데, 그중 눌지를 고구려로 보내면서 고구려 사람에게 눌지를 죽이라고 시켰다. 그러나 눌지의 풍모를 본 고구려 사람이 차마 살해하지 못하고 돌려보냈다. 눌지는 이것을 원망해 결국 실성왕을 시해하고 왕위에 올랐다.

"내 두 아우가 왜국과 고구려 두 나라에 각각 볼모로 간 지 여러 해가 되었건만 돌아오지 못하고 있소. 형제인지라 계속 마음이 쓰여서 그들을 살아서 돌아오게 하고 싶은데 어떻게 하면 좋겠소?"

세 사람은 하나같이 이렇게 대답했다.

"저희들은 삽량주 관리 박제상이 강직하고 용맹하며 지모가 있다고 들었습니다. 그 사람이라면 전하의 근심을 풀어 드릴 수 있을 것입니다."

그래서 박제상을 불러 가까이 오게 한 뒤 세 신하가 한 말을 전하고 고구려와 왜국에 다녀와 달라고 청했다. 박제상이 왕에게 대답했다.

"제가 비록 어리석고 미련하지만 감히 명령을 받들지 않을 수 있겠습니까."

마침내 박제상은 사신의 예를 갖추어 고구려로 들어가 고구려 왕에게 이렇게 말했다.

"이웃 나라와 교류하는 도리는 정성과 믿음뿐이라고 저는 들었습니다. 인질을 교환하는 일 같은 것은 오패3_만도 못한 정말 말세에나 있을 일입니다. 지금 저희 임금의 사랑하는 아우가 이곳에 온 지 근 10년이 되어 갑니다. 우리 임금께서는 어려움에 처한 형제를 구해야 한다는 생각을 가지고 계신 지 오랩니다. 은

3_ 오패(五霸): 중국 춘추시대에 중국의 패권을 차지했던 다섯 제후. 다섯 제후 모두 국가를 부강하게 했으나 왕도(王道)가 아닌 권모술수를 쓰는 패도(霸道)로 중국을 제패했기에 유가에서는 높게 평가하지 않는다.

혜롭게 돌려보내 주신다면 대왕께는 아홉 마리 소 중에서 쇠털한 개가 빠지는 것처럼 손해될 것 없는 일이지만, 우리 임금께선 대왕의 은덕을 이루 헤아릴 수 없어 할 것입니다. 왕께서는 그점을 살피소서.”

고구려 왕은 좋다고 하고 함께 돌아가도록 허락했다.

박제상이 귀국하니 대왕은 기뻐하고 노고를 위로하면서 이렇게 말했다.

“내가 두 아우를 좌우의 팔처럼 생각했는데, 지금 한쪽 팔만을 얻었으니 어찌하랴!”

박제상이 아뢰었다.

“제가 비록 재주는 없지만 이미 나라에 목숨을 바치기로 했으니 끝까지 왕명을 욕되게 하지 않겠습니다. 고구려는 큰 나라이고 왕 또한 어진 임금이기에 저의 말 한마디로 깨닫게 할 수 있었습니다. 그러나 왜의 경우는 말로 해서 깨우칠 수가 없으니 속임수를 써서 왕자님을 돌아오시게 해야 합니다. 그러니 제가 그곳으로 가면 제가 나라를 배신했다 하시고 저들이 그 소문을 듣도록 해 주십시오.”

그런 뒤 박제상은 죽기를 맹세하고 처자식도 보지 않은 채 율포(栗浦: 지금의 울산광역시)로 가서 배를 띄워 왜로 향했다. 박제상의 아내가 그 소식을 듣고 포구로 달려와 배를 향해 큰 소리로 울며 "잘 다녀오십시오"라고 하였다. 박제상이 돌아보며 말했다.

"나는 왕명으로 적국에 들어가는 것이오. 그러니 당신은 나를 다시 만나리라 기대하지 마시오."

박제상은 그 길로 곧장 왜국으로 들어가 마치 도망 온 반역자인 것처럼 행세했으나 왜왕은 그를 의심하였다. 한편 그보다 앞서 백제 사람이 왜에 들어가 이런 거짓말을 했었다.

"신라와 고구려가 왜왕의 나라를 침공하려고 모의하고 있습니다."

그리하여 왜에서는 병사를 보내 신라 국경 밖에서 순찰하게 하였는데, 마침 고구려가 침입해 왜의 순찰병을 잡아 죽이니 이 일로 왜왕은 백제 사람의 말을 사실로 여겼다. 그러던 차에 신라왕이 미사흔과 박제상의 집안사람들을 가두었다는 소식을 듣게 되자 박제상이 정말 신라를 배반했다고 생각하였다.

이에 왜는 군사를 출동해 신라를 습격하기로 하고, 박제상과 미사흔을 장군으로 삼았으며 겸하여 그들에게 길잡이를 시켰다. 일행이 바다 가운데 섬에 이르자 왜의 여러 장수가 비밀리에 이렇게 의논하였다.

"신라를 멸망시킨 뒤 박제상과 미사흔의 처자식을 잡아 옵시다."

박제상이 그것을 알고 미사흔과 함께 배를 타고 놀며 물고기와 오리를 잡는 체했다. 그 모습을 본 왜인들은 이들이 아무 생각 없다고 여겨 좋아했다. 이에 박제상이 미사흔에게 몰래 신라로 돌아가라고 권했다. 그러자 미사흔이 말했다.

"제가 장군을 아버지처럼 받드는데 어찌 혼자 돌아갈 수 있겠습니까?"

그러자 박제상이 말했다.

"두 사람이 함께 출발했다가는 계획을 성사시키지 못할 수 있습니다."

미사흔은 박제상의 목을 끌어안고 울면서 작별하고 신라를 향해 돌아갔다.

박제상은 방안에서 혼자 자고 늦게 일어나 미사흔이 멀리 도망갈 수 있게 했다. 그러자 여러 사람이 물었다.

"장군께서는 왜 이렇게 늦게 일어나셨습니까?"

박제상은 이렇게 대답했다.

"어제 배를 타고 다녔더니 노곤해서 일찍 일어나지 못했소."

왜인들은 박제상이 밖으로 나온 뒤에야 미사흔이 도망친 것을 알았다. 그리하여 박제상을 결박하고 배로 미사흔을 뒤쫓았으나 때마침 안개가 자욱하게 끼어 앞이 보이지 않았다. 박제상은 왜왕이 있는 곳으로 보내졌다가 목도(木島)에 유배되었다. 그

러고 나서 얼마 후 사람을 보내 장작불로 박제상의 몸을 불태운
뒤 칼로 베게 하였다.

대왕이 그 소식을 듣고 애통해 하며 박제상에게 대아찬을 추
증하고 그의 집에 후하게 치사했다. 그리고 미사흔에게 박제상
의 둘째 딸을 아내로 맞아 박제상의 은혜에 보답하게 했다.

미사흔이 돌아올 때 왕은 6부에 명해 멀리 나가 맞게 하였
고, 만나자 손을 붙잡고 서로 울었다. 왕은 형제들을 모아 술자
리를 베풀고 한껏 즐기다가, 자신의 기쁜 뜻에 맞춰 직접 노래
를 지어 부르고 춤을 추었다. 지금 전하는 향악 중의 「우식곡」[4]
이 그것이다.

4_ 향악 중의 「우식곡」: 향악(鄕樂)은 삼국시대부터 조선 시대까지 궁중에서 연주되던 전통
   음악의 한 갈래이다. 삼국시대에 당악이 유입되면서 그 이전의 토착 음악을 향악이라고
   했다. 「우식곡」(憂息曲)은 우식악(憂息樂)이라고도 한다. 아쉽게도 박제상의 일화와 함
   께 유래만 전해지고 가사는 전하지 않는다.

박제상 열전은 삼국시대를 배경으로 한 국제 첩보 영화와 같은 긴박감이 넘친다. 당시
신라는 내부적으로 왕위 다툼의 갈등이 있었고, 또한 동아시아 국제 정세에서도 매우
불안정한 위치에 있었다. 고구려의 군사적 보호 아래 있었고, 왜와도 통교를 위해 왕실
의 인질을 보내야 했다. 나라에 위기가 닥칠 때 충절의 인물이 나온다. 박제상은 충신열
사 계보의 처음에 있는 인물이다.

이차돈의 죽음

고구려에서 온 승려들

신라 법흥왕(法興王, 재위 514~540) 15년(528)에 처음으로 불법(佛法)을 행했다.

이전 눌지왕 때 승려 묵호자(墨胡子)가 고구려에서 일선군(一善郡: 지금의 경상북도 선산)으로 왔는데, 모례(毛禮)라는 사람이 자기 집 안에 굴을 파서 방을 만들고 모셨다. 이때 양(梁)나라에서 신라로 사신을 보내면서 옷과 향을 선물로 주었으나 임금과 신하들은 향의 이름이며 쓰임새를 알 수 없었다. 그래서 사람을 시켜 향을 가지고 다니며 여기저기 물어보게 하였다. 묵호자가 그것을 보고 이름을 알려 주며 말했다.

"이것을 태우면 향기가 피어올라 정성이 신성한 곳까지 전해집니다. 신성한 것 중에 삼보(三寶)보다 나은 것이 없습니다. 삼보는 첫째가 부처이고, 둘째가 불법이고, 셋째가 승려입니다. 향을 태워 기원하면 반드시 영험한 응답이 있을 것입니다."

마침 공주가 병으로 위독해지자 왕이 묵호자에게 향을 사르고 서원(誓願)하게 했더니 공주의 병이 곧 나았다. 왕이 매우 기뻐하여 묵호자에게 많은 예물을 주었다. 묵호자는 궁궐을 나와 모례를 만나서 자기가 받은 예물을 주며 말했다.

"나는 지금 갈 데가 있어서 떠나려고 합니다."

그러고는 잠깐 사이에 그는 어디론가 가 버리고 없었다.

비처왕[1]_ 때 고구려에서 아도(阿道)라는 화상이 시종 세 사람과 함께 또 모례의 집으로 왔는데, 생김새가 묵호자와 비슷하였다. 아도는 몇 년 동안 그곳에서 살다가 병도 없이 죽었다. 그의 시종 세 사람은 머물러 살며 불경과 계율을 강독했는데 이따금 그들을 따라 불교를 신봉하는 사람들이 있었다.

이차돈

법흥왕은 불교를 일으켜 보려 했지만 신하들이 믿지 않고 이런저런 논란만 들끓었기에 난감했다. 이때 왕의 측근 신하인 이차돈(異次頓, 506~527)이 아뢰었다.

"소신의 목을 베어 여러 논란을 진정시키십시오."

이에 왕이 말했다.

"불도(佛道)를 일으키고자 하면서 죄 없는 사람을 죽인다는

1_ 비처왕(毗處王): 신라 제21대 왕인 소지 마립간(炤知麻立干, 재위 479~500)을 일컫는다.

것은 잘못된 일이오."

"불도가 행해질 수 있다면 저는 죽어도 여한이 없습니다."

그리하여 왕이 신하들을 불러서 물으니 모두 이렇게 말했다.

"지금 승려들을 보면 까까머리에 이상한 옷을 입고 있으며 그들의 기괴한 의론은 일상의 도리에서 벗어납니다. 지금 저들을 제멋대로 하게 내버려 두었다가 후회할 일이 생길까 두렵습니다. 저희들이 중죄를 받는다 해도 감히 어명을 받들지 못하겠습니다."

이때 이차돈만은 이렇게 말했다.

"지금 여러 신료의 말씀은 옳지 않습니다. 대개 범상치 않은 사람이 있어야 범상치 않은 일이 있는 것입니다. 지금 불교의 심오한 가르침을 들어 보면 아마도 믿지 않을 수 없을 것입니다."

왕이 말했다.

"여러 사람의 의견이 견고해 파기할 수 없는데 그대만이 다른 의견이오. 양쪽을 다 따를 수는 없소이다."

마침내 왕이 형리에게 이차돈의 목을 베게 하자, 이차돈은 죽음을 앞두고 이렇게 말했다.

"나는 불법을 위해 형벌을 받는 것이니, 만약 부처님께서 신령하시다면 내가 죽었을 때 반드시 기이한 일이 일어나게 할 것이다."

그의 목을 베니 잘린 곳에서 피가 솟구치는데 우유같이 흰 색이었다. 사람들이 괴이하게 여겨 다시는 불가의 일들을 비방하지 못하였다.

삼국시대의 불교는 고구려를 거쳐 백제와 신라로 각기 전파되고 수용되었다. 고구려와 백제는 당시 국가 체제의 완성을 위해 불교의 관념 체계를 쉽게 수용했다. 그러나 신라에서는 기득권을 가진 귀족들이 왕의 직접 지배 체제를 만들어 가는 데 기여할 불교를 받아들이길 거부했다. 이런 우여곡절 속에 이차돈은 죽음으로써 불교를 국가적으로 공인 받게 했다.

화랑의 유래

진흥왕 37년(576) 봄, 처음으로 원화[1]를 받들었다. 처음에 임금과 신하들이 인재를 알아보지 못하는 것을 걱정하여 사람들을 모아 무리 지어 놀게 해서 그 행동거지를 살핀 뒤에 등용하고자 했다. 그리하여 미녀 두 사람을 선발했으니 한 사람은 남모(南毛)이고, 또 한 사람은 준정(俊貞)이었다. 모인 무리는 300여 명이었다. 그런데 두 여자가 미모를 다투며 서로 질투하더니 준정이 남모를 자기 집으로 끌어들여 억지로 술을 권하고는 그녀가 취하자 끌어다 강물에 던져 죽였다. 이 일로 준정이 죽음을 당하자 무리들도 화합하지 못하고 그만 흩어졌다.

그 뒤 다시 잘생긴 남자를 뽑아 단장하게 하고 화랑(花郎)이라 칭하며 받들게 하였다. 무리가 구름같이 모여들어 함께 도의를 연마하거나 서로 노래와 음악을 즐겼으며, 산천을 돌아다니며 노닐어 멀리까지 가 보지 않은 곳이 없었다. 이러한 과정을 통해 그 사람됨이 옳은지 그른지 알게 되어 그들 중 훌륭한 인물을 골라 조정에 추천하였다.

그래서 김대문(金大問)은 『화랑세기』[2]에서 이렇게 말했다.

"현명한 재상과 충성스러운 신하가 여기서 나왔고, 뛰어난

---

[1] 원화(源花): 신라에는 고대 국가로 성장하기 전부터 청소년 수련 단체가 있었다. 원화 제도는 신라가 고대 국가로 성장하면서 기존의 청소년 단체를 새롭게 확대·개편한 것이다.

[2] 『화랑세기』(花郎世紀): 성덕왕 때의 학자 김대문(金大問, ?~?)이 썼다는 『화랑세기』는 신라 화랑들의 전기와 화랑의 역사를 담았다고 한다. 『화랑세기』 필사본이 발견되긴 하였으나 진위를 단정하지 못하고 있다.

장수와 용감한 병사가 이로 말미암아 나왔다."

한편 최치원은 「난랑비(鸞郎碑) 서문」[3]에서 다음과 같이 말했다.

"나라에 현묘한 도가 있으니 '풍류'(風流)라고 한다. 그 도의 기원은 『선사』[4]에 자세히 갖추어 있는데, 실제로는 유·불·선의 삼교(三敎)를 포괄하여 중생들을 교화하려는 것이다. 집에 들어와서는 부모에게 효도하고 나가서는 나라에 충성하자는 것은 공자의 뜻이고, 인위적으로 무엇을 하지 않는 가운데 말로 표현할 수 없는 가르침을 행하는 것은 노자가 주장한 뜻이며, 모든 악행을 저지르지 않고 모든 선행을 실천하자는 것은 석가모니의 가르침이다."

당나라 학자 영호징(令狐澄)이 쓴 『신라국기』(新羅國記)에는 이렇게 기록되어 있다.

"귀인의 자제 중에서 뛰어난 사람을 선발해 분 바르고 단장시켜 '화랑'이라 부르며 나라 사람들이 모두 받들어 섬겼다."

3_ 「난랑비(鸞郎碑) 서문」: 신라 말기의 학자 최치원(崔致遠, 857~?)이 난랑(鸞郎)이라는 화랑의 비에 서문으로 쓴 글이다. 『삼국사기』에 실린 이 부분 외에는 전문이 전하지 않는다.
4_ 『선사』(仙史): 화랑의 역사를 기록한 책. 이 책이 김대문의 『화랑세기』를 가리키는지는 확실하지 않다.

『삼국사절요』(三國史節要)와 『동국통감』(東國通鑑)에는 진흥왕 원년(540)에 풍월주 (風月主)를 설치했다는 기록이 있다. 그 후 화랑도는 세를 확대하며 조직을 정비했다. 원래는 여러 명의 화랑이 각기 낭도를 거느렸는데, 풍월주를 정점으로 하나의 집단을 이루게 되었다. 화랑 제도는 유능한 인재를 선발하고 사회를 통합하며 사회 규범과 윤 리를 건전하게 유지하는 토대가 되어 신라가 삼국을 통일하는 데 크게 기여했다.

임전무퇴의 실천

귀산(貴山, ?~602)은 경주 사량부(沙梁部) 사람으로, 아버지는 아찬 벼슬을 지낸 무은(武殷)이다. 귀산은 어릴 적에 같은 사량부의 추항(箒項)과 벗이 되었다. 두 사람은 서로 이렇게 말했다.

"우리는 선비 군자들과 교유하고 싶어 하지. 하지만 먼저 내 마음을 바르게 하고 수양하지 않으면 창피를 당할지도 몰라. 그러니 어진 분 곁에서 도(道)를 들어야 하지 않겠나?"

이때 원광 법사(圓光法師)가 수(隋)나라에서 유학하고 돌아와 가실사(加悉寺)에 있었는데, 당시 사람들이 높이 예우하였다. 귀산과 추항은 그를 방문하여 공손하게 나아가 아뢰었다.

"속된 저희는 미련해서 아는 것이 없으니 한말씀 해 주시면 종신토록 계율로 삼고자 합니다."

그러자 원광 법사가 말했다.

"불가의 계율에는 보살계(菩薩戒)가 있고 거기에는 열 가지 조목이 있지만, 그대들은 신하이자 자식이니 아무래도 감당치 못할 것이다. 그러나 지금 세속에서 지켜야 할 다섯 가지 계율이 있다〔世俗五戒〕. 첫째, 임금 섬기기를 충성으로써 한다〔事君以

忠). 둘째, 부모 섬기기를 효도로써 한다〔事親以孝〕. 셋째, 벗 사귀기를 믿음으로써 한다〔交友以信〕. 넷째, 싸움에 임해서 물러서지 않는다〔臨戰無退〕. 다섯째, 살아 있는 것을 죽이는 데는 가려서 해야 한다〔殺生有擇〕. 그대들은 이것을 실행하여 소홀함이 없도록 하라."

귀산과 추항이 말했다.

"다른 것들은 말씀대로 받들겠습니다만, '살아 있는 것을 죽이는 데는 가려서 해야 한다'고 하신 것은 잘 모르겠습니다."

이에 원광 법사가 말했다.

"육재일(六齋日)[1]과 봄·여름에는 죽이지 말아야 하니, 이것은 시기를 가려서 살생한다는 것이다. 말·소·닭·개 등과 같이 사육하는 가축을 죽이지 않고, 그 살이 한 점도 안 되는 작은 생물을 죽이지 않아야 하니, 이것은 대상을 가려서 살생한다는 것이다. 이와 같이 오직 소용되는 만큼만 죽이고 그 이상 많이 죽이지 않아야 할 것이다. 이것이야말로 세속의 훌륭한 계율이라 할 수 있다."

귀산과 추항이 말했다.

"지금 이후로 이 말씀을 받들어 행동하여 감히 실수하지 않도록 하겠습니다."

진평왕 건복 19년(602) 가을 8월에 백제가 대규모로 군사를

1_ 육재일(六齋日): 불교에서 말하는 재계일로, 음력 8·14·15·23·29·30일에 해당한다. 이 여섯 날에 사천왕(四天王)이 사람의 선악을 엿본다고 한다.

파견해 아막성2-을 포위했다. 왕은 장군인 파진찬 벼슬의 건품
(乾品)·무리굴(武梨屈)·이리벌(伊梨伐), 그리고 급간(級干) 벼
슬의 무은(武殷)·비리야(比梨耶) 등에게 병사를 거느리고 가서
막게 했다. 귀산과 추항은 함께 소감(少監) 직책으로 이에 참가
했다. 백제가 패하자 천산(泉山)의 습지대로 물러나 병사를 숨기
고 기다리고 있었다. 우리 군대가 진격했으나 힘에 부쳐 군사를
이끌고 돌아왔다. 이때 무은은 군대의 후미 부대에서 적의 추격
을 막았는데, 복병이 나타나 그를 갈고리로 끌어내렸다. 그러자
귀산이 크게 소리쳤다.

"내 일찍이 원광 법사께서 '선비는 군인이 되어 물러서지 않
는다'고 하신 말씀을 들었는데 어찌 달아날 수 있겠는가?"

그러더니 적군 수십 명을 죽이고 자신의 말에 아버지를 태워
탈출시킨 뒤 추항과 함께 창을 휘두르며 힘껏 싸웠다. 여러 병사
가 그것을 보고 떨쳐 나가 공격하니 넘어진 시체가 들판에 가득
했고 말 한 필, 수레 한 대도 돌아가지 못했다.

귀산과 추항은 온몸이 창칼에 다쳐 도중에 죽었다. 왕은 여
러 신하와 함께 아나(阿那: 지금의 경상남도 함안군)의 들판으
로 나와 그들의 시신 앞에서 통곡하며 예를 갖추어 장사 지냈다.
그리고 귀산에게는 내마(奈麻)의 직위를, 추항에게는 대사(大
舍)의 직위를 추증하였다.

2_ 아막성(阿莫城): 지금의 전라북도 남원군 아영면 일대에 있던 성. 아영성(阿英城)이라고
도 한다.

신라의 불교는 호국 불교(護國佛敎)이다. 즉, 부처가 왕이고 왕이 곧 부처라고 하여 불법과 왕법을 일치시켰다. 그리고 나라를 지키기 위한 전쟁은 곧 불법을 보호하기 위한 것이라고 정당화했다. 원광 법사는 화랑의 스승으로 화랑이 지켜야 할 계율인 '세속오계'를 제창했다. 그중에 전쟁을 독려하는 '임전무퇴'와 살생에 대한 원칙을 세우는 '살생유택'은 불교 교리에 위배되는 내용이니 당연히 귀산을 비롯한 화랑들이 의문을 품었을 법하다. 시대적 사명을 위해 종교나 사상이 변형되거나 자의적으로 왜곡되는 과정에 대해 생각해 보게 된다.

왕의 사위 김흠운

김흠운(金歆運)은 내물왕의 8세손이다. 아버지는 잡찬(迊
飡: 신라의 17관등 중 셋째 관등) 달복(達福)이다.

김흠운은 소년 시절 화랑 문노(文努)의 문하에 있었다. 당시
낭도들이 '아무개가 전사하여 지금까지 이름을 남기고 있다'는
말을 하면 김흠운은 슬피 눈물을 흘리며 감동하여 그들처럼 되
고 싶어 하곤 했다. 같은 문하에 있던 승려 전밀(轉密)이 말했다.

"이 사람이 전장에 나가면 반드시 돌아오지 않을 거야."

당나라 영휘(永徽) 6년(655)에 태종 무열왕은 백제와 고구
려가 변경을 막고 있는 것에 분노하여 그들을 정벌하고자 했는
데, 출병할 때 흠운을 낭당대감(郎幢大監: 군대의 지휘관)으로
삼았다. 이에 흠운은 집에서 자지 않고 비바람을 맞아 가며 사졸
들과 고락을 같이하였다.

그는 백제 땅에 도착하여 양산(陽山: 지금의 충청북도 영동
군 양산면) 밑에 진영을 두고 조천성(助川城)을 진공하려고 했
다. 그러나 백제 사람들은 밤을 틈타 빠르게 달려와 동틀 무렵
성루를 타고 들어왔다. 우리 군사들은 놀라서 엎어지고 자빠져

진정되지 않았다. 적들이 혼란한 틈을 이용해 급히 쳐들어오니 화살이 빗발쳤다. 흠운이 말에 비껴 타고 창을 잡고 적을 기다리자 대사(大舍) 벼슬의 전지(詮知)가 그를 달래며 말했다.

"지금 적들이 어둠 속에서 움직여 지척을 분간할 수 없으니 공께서 죽는다 해도 아무도 모를 것입니다. 게다가 공께서는 신라의 귀족이고 대왕의 사위이니, 만약 적의 손에 죽는다면 백제에게는 자랑이 되고 우리에게는 큰 수치가 될 것입니다."

그러자 흠운이 말했다.

"대장부가 이미 나라에 몸을 바쳤으니 다른 사람들이 알든 모르든 매한가지다. 어찌 감히 명예를 바라겠는가!"

그리고는 굳게 서서 움직이지 않았다. 그의 부하는 말고삐를 잡고 돌아가자고 권했다. 그러나 흠운은 칼을 뽑아 휘두르며 적과 싸워 몇 사람을 죽이고 자신도 죽었다. 이때 대감(大監) 예파(穢破)와 소감(少監) 적득(狄得)도 함께 전사했다. 보기당주(步騎幢主) 보용나(寶用那)는 김흠운이 죽었다는 말을 듣고 이렇게 말했다.

"그는 고귀한 골품에 높은 권세로 영예를 누려 사람들이 소중히 여기는데도 오히려 절개를 지키며 죽었다. 그에 비해 나는 살아 봤자 보탬도 안 되고 죽어도 손해될 것이 없다."

그러더니 적진으로 달려가 적병 몇 명을 죽이고 죽었다.

대왕이 이 소식을 듣고 몹시 슬퍼했다. 김흠운과 예파에게 일길찬(一吉湌: 신라의 17관등 중 일곱째 관등)의 직위를 내리고, 보용나와 적득에게 대내마(大奈麻)의 직위를 내렸다. 당시 사람들은 이런 사실을 듣고 가슴 아파하며 「양산가」(陽山歌)를 지었다.

화랑들이 임전무퇴의 정신을 실천한 대표적 사례이다. 분분히 꽃잎처럼 스러져 간 젊음들을 보고 당시의 신라 사람들은 어떤 노래를 불렀을까?

내 이름 죽죽

죽죽(竹竹)은 대야주(大耶州: 지금의 경상남도 합천) 사람이다. 아버지 학열(郝熱)은 찬간(撰干) 벼슬에 있었다.

선덕여왕 때 죽죽은 사지(舍知: 신라의 17관등 중 열셋째 관등)가 되어 대야성(大耶城: 지금의 경상남도 합천에 있던 성) 도독(都督) 김품석(金品釋)을 보좌하였다. 선덕여왕 11년(642) 가을 8월에 백제 장군 윤충(允沖)이 군사를 거느리고 대야성을 공격해 왔다.

한편 이전에 도독 김품석이 그의 부하인 사지 검일(黔日)의 아내가 아름다운 것을 보고 빼앗은 일이 있었다. 검일은 그 일로 원망하다가 이때에 이르러 백제 군과 내통해 창고를 불태웠다. 그리하여 성안은 인심이 흉흉해져 굳게 지킬 수 없을 듯했다. 김품석의 보좌관인 아찬 서천(西川)이 성에 올라가 윤충에게 말했다.

"만약 장군께서 우리를 죽이지 않으신다면 성을 바쳐 항복하고자 합니다."

윤충이 말했다.

"그렇게 한다면 그대와 내게 좋지 않을 일이란 절대 없을 거요."

그리하여 서천의 권유로 김품석과 여러 장수가 성을 나서려
는데 죽죽이 저지하며 말했다.

"백제는 이랬다저랬다 하는 나라라서 믿을 수 없습니다. 윤
충의 말이 달콤한 것은 분명 우리를 꾀려는 것입니다. 성을 나가
면 틀림없이 적들에게 잡힐 것입니다. 굴복하여 살기를 구하느
니 호랑이처럼 싸우다 죽는 것이 낫습니다."

김품석은 그 말을 듣지 않고 성문을 열었다. 사졸들이 먼저
나가니 백제는 복병을 내보내 그들을 모조리 죽였다. 김품석이
나가려다 장병들이 죽었다는 말을 듣고는 먼저 자기 처자식을
죽인 뒤 자신의 목을 찔러 자결했다.

죽죽이 남은 병사들을 거두어 성문을 닫고 방어하려는데, 사
지 용석(龍石)이 죽죽에게 말했다.

"지금 전세가 이러하니 성은 분명 무사하지 못할 것이오. 이
럴 바에야 차라리 항복하고 살아서 후일을 도모하는 것이 낫겠
소."

그러자 죽죽이 대답했다.

"맞는 말이오. 그러나 나의 부친께서 내 이름을 '죽죽'이라 지
어 주신 것은 추운 겨울에도 시들지 말고, 꺾일지언정 굽히지 말
라는 뜻이었소. 그러니 어찌 죽기가 두렵다고 항복하여 살겠소."

죽죽은 힘을 다해 싸우다가 성이 함락되자 용석과 함께 전사했다. 왕이 그 소식을 듣고 애통해 했다. 그리하여 죽죽에게 급찬(신라의 17관등 중 아홉째 관등)을, 용석에게는 대내마를 추증했으며, 그들의 처자에게 상을 내리고 왕도로 옮겨 살게 하였다.

이름이란 세상의 좋은 의미들 중에 하나를 선택하여 짓게 마련이다. 그러나 자신의 이름에 부여된 의미대로 살기란 그리 쉽지 않다. '죽죽'이란 이름은 대나무처럼 꺾일지언정 굽히지 말라는 의미였고, 죽죽은 그 이름대로 살았다.

소년 관창

관창(官昌)은 신라 장군 김품일(金品日)의 아들이다. 용모와 태도가 우아해서 소년 시절에 화랑이 되었고, 남들과 잘 어울렸다. 16세에 말타기와 활쏘기를 잘하여 어떤 대감이 태종 무열왕에게 그를 천거하였다.

당나라 현경(顯慶) 5년(660)에 왕이 군사를 내어 당나라 장군과 함께 백제를 칠 때 관창을 부장(副將)으로 삼았다. 황산(黃山: 지금의 충청남도 논산시 연산면에 위치) 들판에서 양국 군사가 서로 맞서게 되자, 아버지 김품일이 관창에게 일렀다.

"네가 비록 어리긴 하지만 의지와 기개가 있다. 오늘이야말로 공명을 세우고 부귀를 차지할 때이니 용감하게 나서야 하지 않겠느냐?"

관창은 "그렇습니다"라고 대답하자마자 말에 올라 창을 비껴들고 곧장 적진으로 쳐들어가 재빠르게 적군 몇 명을 죽였다. 그러나 저들은 많고 우리는 적었기에 적에게 사로잡혀 백제 원수(元帥) 계백(階伯) 앞에 끌려가게 되었다. 계백은 관창의 투구를 벗기게 하더니 그가 어리고 용감한 것이 아까워 차마 해치지 못하고 탄식하며 말했다.

"신라에 기특한 사람이 많구나. 소년이 이러하니 장정들은 어떻겠는가!"

이윽고 계백은 관창을 살려 보내게 하였다. 돌아온 관창은 이렇게 말했다.

"아까 내가 적진에 들어가 적장의 목을 베고 적기를 빼앗아 오지 못한 것이 너무나 한스럽다. 다시 들어가면 꼭 성공할 수 있다."

그러고는 손으로 우물물을 움켜 마신 다음 다시 적진으로 돌진해 맹렬하게 싸웠다. 결국 계백이 그를 잡아 목을 베어 죽이고 그 머리를 말안장에 매달아 보냈다. 김품일은 아들의 머리를 부여잡고 소매로 피를 닦아 주며 말했다.

"내 아이 얼굴이 살아 있는 것 같구나. 나라를 위해 훌륭하게 죽었으니 아쉬울 것 없다."

모든 군사가 그것을 보고 비분강개하더니 뜻을 세워 북을 치고 함성을 지르며 진격했다. 이에 백제 군은 크게 패했다.

대왕은 관창에게 급찬(級湌)의 직위를 추증하고, 예를 갖추어 장사 지내게 했다. 그의 집에는 당나라 비단 30필 20승, 베 30필, 곡식 100석을 보내 장례에 부조하였다.

어린 관창이 선봉에 섰던 황산벌 전투를 고비로 신라는 백제를 멸망시키며 삼국 병합에 성큼 다가갔다. 16세의 보송한 소년의 모습과 그의 푸른 기개를 보고 차마 죽이지 못하고 돌려보냈던 백제 장군 계백의 심정이 느껴진다.

백제 최후의 명장 계백

계백(階伯)은 백제 사람으로 벼슬은 달솔(達率: 백제의 16관등 중 둘째 관등)이었다. 당나라 현경(顯慶) 5년(660)에 당나라 고종(高宗)은 소정방을 신구도대총관(神丘道大摠管)으로 삼아 군대를 거느리고 바다를 건너 신라와 연합해 백제를 공격하게 하였다. 이에 계백은 장군이 되어 결사대 5천 명을 뽑아 항거하였다. 한편 그는 이렇게 생각했다.

'우리가 당나라와 신라의 큰 부대에 맞서게 되니 나라의 존망을 알 수 없다. 또한 내 처자식이 잡혀 노비가 될지도 모른다. 그들과 함께 살아서 욕을 당하느니 죽는 것이 낫겠다.'

계백은 마침내 처자식을 모두 죽이고 황산 들판으로 나가 세 곳에 진영을 설치했다. 신라 병사와 맞닥뜨려 전투를 벌이게 되자 그는 무리들과 이렇게 맹세했다.

"옛날에 월(越)나라의 구천(句踐)은 5천 군사로 오(吳)나라의 70만 대군을 무찔렀다. 오늘 각자 힘껏 분발해 승리를 거두어 나라의 은혜에 보답하자!"

그리하여 죽기 살기로 싸워 한 명이 천 명의 적을 당해 내니 신라 병사들이 그만 물러났다. 이렇게 나아갔다 물러났다 하기를 네 차례나 하다가 결국 힘이 모자라 죽고 말았다.

거대하게 몰려온 신라와 당나라 연합군의 공격 앞에 풍전등화의 형세에 놓인 백제. 그
러한 상황에서 나라와 함께 죽기로 마음먹은 계백은 병사들과 함께 장렬히 싸우다 죽
어 갔다. 백제 멸망의 핏빛 피날레이다.

차고 기우는 달

고구려의 최후, 개소문

개소문(蓋蘇文, ?~665)은 성이 천씨(泉氏)이다.[1] 그는 자신이 물 속에서 태어났다며 사람들을 현혹시켰다.[2] 풍채가 걸출하고 기상이 호방했다. 개소문의 아버지 동부 대인 대대로[3]가 사망했다. 그렇게 되면 개소문이 마땅히 그 직위를 계승해야 하지만 나라 사람들이 그의 성품이 잔인하고 포악하다고 미워해서 직위에 오르지 못했다. 개소문은 머리를 조아려 여러 사람에게 사죄하고 이렇게 간청했다.

"직책을 맡겨 보았다가 제가 만약 옳지 않은 일을 하면 그땐 폐위시키셔도 후회하지 않겠습니다."

이에 여러 사람이 안쓰럽게 여겨 마침내 허락했다.

개소문은 직위를 계승한 뒤에도 흉악하고 잔인하기가 이루 말할 수 없었다. 여러 대인이 왕과 은밀히 의논해 그를 죽이려 했는데 이 일이 새어 나갔다. 개소문은 동부의 군사를 모두 모아 마치 사열할 것처럼 하며 성의 남쪽에 술과 음식을 성대하게 차려 놓고 여러 대신을 초대해 함께 군사들의 사열을 관람하자고 했다. 그러고는 손님들이 오는 대로 모조리 죽이니 대략 100여 명

1_ 성이 천씨(泉氏)이다: 본래 '연'(淵)씨인데 당나라 고조(高祖)의 이름이 '연'(淵)이어서 의미가 비슷한 '천'(泉)으로 바꾸었다. 황제나 왕의 이름과 같은 글자는 피하고 다른 글자로 바꾸는 관례에 따른 것이다. 한편 성씨가 '연개'(淵蓋)이거나 '천개'(天蓋)일 것으로 보기도 한다.

2_ 그는 자신이~사람들을 현혹시켰다: 개소문의 성씨가 연(淵)인 것은 샘이나 못 등 물과 관련된 부족의 토템이 있기 때문일 것으로 보인다. 그래서 개소문은 물과 관련된 토템을 이용한 이야기로 사람들의 마음을 사려고 한 듯하다.

3_ 동부 대인 대대로: 동부(東部) 대인(大人)은 동쪽 관할부의 우두머리이다. 대대로(大對盧)는 고구려의 14관등 중 제1위로, 국정을 총괄하는 수상에 해당한다.

183

이었다.

그리고 개소문은 말을 달려 궁으로 들어가 영류왕(榮留王, 재위 618~642)을 시해하고 시신을 몇 토막으로 잘라 구덩이에 던져 버렸다. 그리고 왕의 아우의 아들인 장(臧)을 왕으로 삼고,4_ 자신은 막리지5_가 되었다.

이에 전국을 호령하며 나라의 일을 멋대로 처리하니 그 위세가 대단했다. 몸에는 칼 다섯 자루를 차고 다녀 곁에 있는 사람들도 감히 쳐다보지 못했다. 매번 말을 타고 내릴 때에는 귀인이나 무장들을 땅에 엎드리게 해 그들을 디디고 오르내렸다. 나다닐 때는 반드시 군사들을 포진시켰는데 앞서 가는 이가 길게 소리치면 사람들은 모두 구덩이든 골짜기든 가리지 않고 달아나야 했으니 나라 사람들이 몹시 괴로워했다.

당나라 태종은 개소문이 임금을 시해하고 나라를 전횡한다는 말을 듣고 고구려를 치려고 했다. 그러자 장손무기(長孫無忌)가 이렇게 말했다.

"개소문은 자기 죄가 큰 줄 알고 당나라가 토벌해 올까 두려워 수비를 하고 있을 것입니다. 폐하께서는 우선 참으셨다가 그가 안심하여 악행을 더 저지르게 놔둔 다음에 공격해도 늦지 않을 것입니다."

황제가 그 말을 따랐다.

4_ 장(臧)을 왕으로 삼고: 장은 보장왕(寶臧王, 재위 642~668)이 되었다.
5_ 막리지(莫離支): 나라의 비상시에 정권 및 병권을 통틀어 다스리는 최고위의 직위.

마침 신라에서는 당나라로 사람을 보내 이렇게 청했다.

"백제가 우리 신라의 40여 개 성을 공격해 빼앗고 다시 고구려 군과 연합해 당나라로 들어가는 길을 끊으려 합니다. 그래서 우리 신라가 부득이 출병하게 되었으니 당나라 천자의 군대가 구원해 주시길 엎드려 빕니다."

이에 당나라 태종은 사농승(司農丞) 상리현장(相里玄奬)에게 황제의 칙서를 고구려 왕에게 전하라고 했다. 칙서의 내용은 다음과 같다.

"신라는 우리나라에 예물을 바치며 조공을 빠뜨리지 않는다. 너희 고구려는 백제와 더불어 각각의 군사를 거두라. 만약 다시 신라를 공격하면 내년에 군사를 출동시켜 너희 나라를 토벌하겠다."

처음 현장이 고구려에 들어왔을 때 개소문은 이미 군사를 거느리고 신라를 공격하던 중이어서 왕이 개소문을 돌아오게 했다. 현장이 황제의 칙서를 보이자 개소문은 이렇게 말했다.

"지난번 수나라가 우리나라를 침략했을 때, 신라가 그 틈을 타 우리 성읍 500리를 빼앗았소.6_ 그때부터 원망하여 다툰 지 이미 오래되었소. 빼앗아 간 우리 땅을 돌려주지 않는다면 전쟁을 그만둘 수 없소."

이에 현장이 말했다.

6_ 수나라가 우리나라를~500리를 빼앗았소: 신라 진흥왕 때 죽령(竹嶺) 이북의 고구려 땅을 빼앗은 사실을 말한다. 그러나 이때는 수나라가 건국되기 30년 전의 일이라 수나라 침략 때의 다른 사건인 듯하다.

"이미 지나간 일을 따지자는 것인가? 지금의 요동은 본시 모두 중국의 군·현이었지만 우리는 이에 대해 아무 말 않는데, 고구려만 어째서 기필코 옛 땅을 찾으려 하는가?"

개소문은 그의 말을 따르지 않았다. 현장이 돌아와 자세히 보고하자 당 태종이 말했다.

"개소문은 자기 임금을 시해하고 제 나라 대신들을 죽였으며, 제 백성에게 잔학했다. 그런데 이제 또 나의 명령마저 어기니 그를 토벌하지 않을 수 없다."

그리고 다시 장엄(蔣儼)을 사신으로 보내 황제의 뜻을 알렸으나 개소문은 끝내 황제의 명령을 받들지 않고 군사로 위협하였다. 사신 장엄이 굴하지 않자 마침내 그를 굴 속에 가두었다. 이에 당 태종이 크게 군사를 일으켜 직접 고구려를 정벌했다. 개소문은 665년에 죽었다.

『삼국사기』에 연개소문이 잔악한 인물로 서술된 것은 신라 측 입장과 같은 중국 사료를 그대로 실었기 때문이다. 고구려·백제의 전쟁 영웅들의 위상이 일그러져 있는 경우가 많은 것도 같은 이유이다. 그러나 그런 악의적 서술 속에서도 연개소문의 본질은 드러난다. 신라가 당나라를 끌어들여 고구려를 멸망시키는 과정에서 꿋꿋이 굽히지 않고 대적한 민족 영웅의 모습으로.

백제는 보름달

해동증자

백제의 의자왕(義慈王, 재위 641~660)은 무왕(武王)의 맏아들로, 대단히 용감하고 담력과 결단력이 있었다. 무왕 33년(632)에 태자로 책봉됐다. 부모에게 효성스럽고 형제간에 우애가 있어서 당시에 '해동증자'(海東曾子)로 불렸다. 무왕이 죽자 태자로서 왕위를 계승하였다.

자연의 변괴도 아랑곳하지 않고

의자왕 15년(655) 봄 2월에 태자궁을 수리하는데 매우 사치스럽고 화려하게 했으며, 왕궁 남쪽에 망해정(望海亭)을 세웠다.

여름 5월에 붉은 말이 북악(北岳)의 오함사(烏含寺)에 들어와 울며 며칠 동안 불당을 돌다가 죽었다.

가을 7월에 마천성(馬川城)을 다시 수리하였다.

8월에 의자왕은 고구려·말갈과 함께 신라의 30여 성을 쳐부

수었다. 신라 왕 김춘추는 당나라에 사신을 보내 조회하고 다음과 같은 표문을 올렸다.

"백제가 고구려·말갈과 함께 우리의 북쪽 경계를 쳐서 30여 성을 함몰시켰습니다."

의자왕 16년(656) 봄 3월에 의자왕은 궁녀들과 음란하기 짝이 없는 향락에 빠져 술 마시기를 그치지 않았다. 좌평[1] 성충(成忠)이 간절하게 충고했지만 왕은 화를 내며 그를 옥에 가두어 버렸다. 그러자 감히 충언하는 사람이 없었다. 성충은 말라 죽었는데, 죽어 가며 다음과 같은 글을 올렸다.

"충신은 죽어도 임금을 잊지 못하는지라 한말씀 올리고 죽고자 합니다. 저는 늘 시대의 변동을 살펴보아 왔는데, 반드시 전쟁이 일어날 것입니다. 무릇 전투할 때는 반드시 그 지형을 잘 선택해야 하는데, 적은 상류에서 맞아야 안전합니다. 만약 다른 나라의 군대가 육로로 쳐들어오면 탄현(炭峴: 지금의 충청남도 대덕군 마도령馬道嶺)을 넘지 못하게 해야 합니다. 그리고 적의 수군들은 기벌포(伎伐浦: 지금의 충청남도 장항長項) 해안으로 들어오지 못하게 해야 합니다. 그렇게 험준하고 좁은 곳을 차지해 적을 막는다면 괜찮을 것입니다."

그러나 왕은 신경 쓰지 않았다.

1_ 좌평(佐平): 백제의 16관등 중 최상위의 등급. 6좌평이 국무를 분담했다.

의자왕 19년(659) 봄 2월에 여우 무리가 궁으로 들어왔는데, 흰 여우 한 마리가 상좌평2_(上佐平)의 책상에 앉았다.

여름 4월에 태자궁의 암탉이 참새와 교미하였다. 의자왕은 장수를 보내 신라의 독산성(獨山城)과 동잠성(桐岑城)을 침공하였다.

5월에 왕도(王都)의 서남쪽 사비하(泗沘河: 지금의 금강)에서 큰 물고기가 나와 죽었는데 길이가 세 길이나 되었다.

가을 8월에 어떤 여인의 시체가 생초진(生草津)에 떠올랐는데 키가 18척이나 되었다.

9월에 궁궐의 홰나무가 사람이 곡하듯 울었다. 밤에는 궁궐 남쪽 길에서 귀신이 곡을 했다.

의자왕 20년(660) 봄 2월에 왕도의 우물물이 핏빛으로 변했다. 서해 바닷가에서는 작은 물고기들이 물 밖으로 나와서 죽으니 백성들이 이것을 다 먹을 수가 없었다. 사비하의 물도 핏빛처럼 붉었다.

여름 4월에 수만 마리의 두꺼비가 나무 위에 모였다. 도성의 백성들은 누가 잡아가기라도 하는 듯 이유 없이 놀라서 달리더니 100여 명이 넘어져 죽었고, 잃어버린 재물은 헤아릴 수 없었다.

5월에 비바람이 거세더니 천왕사(天王寺)와 도양사(道讓寺)

2_ 상좌평(上佐平): 백제의 16관등 중 6좌평의 우두머리로 지금의 수상에 해당한다.

두 절의 탑에 벼락이 쳤고, 또 백석사(白石寺) 강당에도 벼락이 쳤다. 용처럼 생긴 검은 구름이 공중에서 동서로 나뉘어 서로 다투었다.

6월에 왕흥사(王興寺)의 여러 승려 모두가 배를 젓는 노 같은 것이 큰물을 따라 절 문으로 들어오는 것을 보았다. 야생 사슴처럼 생긴 웬 개 한 마리가 서쪽에서부터 사비하 기슭으로 와서 왕궁을 향해 짖었는데 잠깐 사이에 어디론가 가 버렸다. 도성의 뭇 개들이 길에 모여 짖다가 울다가 하더니 잠시 후 흩어졌다. 또 어떤 귀신 하나가 궁궐에 들어와서 큰 소리로 부르짖었다.

"백제가 망한다! 백제가 망한다!"

그러고는 곧 땅속으로 들어갔다. 왕이 괴이쩍게 여겨 사람을 시켜서 땅을 파 보게 하니 깊이 3척쯤 되는 곳에 웬 거북 한 마리가 있었는데, 그 등에 다음과 같은 글씨가 써 있었다.

"백제는 둥근달 같고, 신라는 초승달 같다."

왕이 무당에게 물으니 이렇게 대답했다.

"둥근달 같다는 것은 가득 찬 것이니 가득 차면 이지러질 것이요, 초승달 같다는 것은 아직 차지 않은 것이니 아직 차지 않은 것이라면 점점 차오르게 될 것입니다."

왕이 노하여 그를 죽였다. 한편 어떤 이는 이렇게 말했다.

"둥근달 같다는 것은 왕성하다는 것이요, 초승달 같다는 것은 미약하다는 것입니다. 우리나라는 왕성해지고, 신라는 차츰 쇠약해진다는 의미인가 싶습니다."

이에 왕이 기뻐하였다.

나당 연합군에 의한 백제의 멸망

당나라 고종은 좌무위대장군 소정방을 신구도행군대총관(神丘道行軍大摠管)으로 삼아 군사 13만 명을 지휘해 백제를 치게 했다. 아울러 신라 왕 김춘추를 우이도행군총관(嵎夷道行軍摠管)으로 삼아 신라 군사를 거느리고 합세하게 하였다. 소정방이 군사를 이끌고 성산(城山: 지금의 산둥 반도 동쪽 끝 부분으로 추정)에서 바다를 건너 백제 서쪽의 덕물도(德物島: 지금의 인천광역시 덕적도)에 이르자, 신라 왕은 장군 김유신에게 정예병 5만 명을 거느리고 백제로 달려가게 하였다.

의자왕은 이런 소식을 듣고 여러 신하를 모아 공격해야 할지 수비해야 할지 마땅한 대책을 물었다.

왕은 머뭇거리며 어떤 의견을 따라야 할지 몰랐다. 이때 좌평으로 있던 흥수(興首)가 죄를 짓고 고마미지현(古馬彌知縣: 지금의 전라남도 장흥)에 유배되어 있었는데, 왕이 사람을 보내 그에게 물었다.

"사태가 위급하다. 어찌해야 좋겠는가?"

홍수는 이렇게 말했다.

"당나라 군대는 수가 많고 군법이 엄격한데다가 더구나 신라와 함께 앞뒤에서 협공하려 합니다. 만일 저들을 평원이나 광야에서 상대했다가는 승패를 알 수 없을 것입니다. 그런데 백강과 탄현은 우리나라의 요충지로, 한 사람이 창 한 자루만 있어도 만 명이 당해 내지 못하는 곳입니다. 용감한 병사를 선발해 그곳에 가서 지키게 해야 합니다. 그리하여 당나라 군사는 백강에 들어오지 못하게, 신라 군사는 탄현을 넘지 못하게 해야 합니다. 대왕께서는 성문을 굳게 닫고 단단히 지키면서 그들의 물자와 식량이 떨어지고 사졸들이 지치기를 기다려야 합니다. 그런 뒤 분발하여 공격하면 그들을 반드시 쳐부술 수 있습니다."

이때 대신들은 홍수를 믿지 않고 말했다.

"홍수는 오래 유배되어 있어서 임금을 원망하고 나라를 사랑하지 않을 테니 그의 말을 들어서는 아니 됩니다. 당나라 군대를 백강으로 들어오게 해서 강물을 따라 나란히 배를 띄울 수 없게 하고, 신라 군사도 탄현으로 올라가게 해서 좁은 길 때문에 나란히 말을 몰 수 없게 하는 것이 낫습니다. 바로 이때 군사를 내보내 그들을 공격한다면, 마치 닭장 속의 닭이나 그물에 걸린 물고기를 잡는 것과 같을 것입니다."

의자왕은 그렇겠다고 여겼다.

다시 당나라와 신라의 군사들이 이미 백강과 탄현을 지나갔다는 소식을 듣게 되었다. 그러자 계백 장군에게 결사대 5천 명을 거느리고 황산으로 나가 신라 군사와 싸우도록 했다. 네 차례의 전투에서 모두 이겼지만 병력도 적고 힘도 꺾여 결국 패배하였고, 계백도 죽었다.

그래서 군사를 모아 웅진(熊津: 지금의 충청남도 공주시) 어귀를 막고 강변에 진을 쳤다. 소정방은 강 왼쪽 언덕으로 나와 산에 올라 진을 쳤다. 그들과 싸워 우리 백제 군은 크게 패했다.

당나라 군대는 밀물을 타고, 배들을 한 줄로 잇대어 북을 치고 떠들며 나아갔다. 소정방은 보병과 기병을 거느리고 곧장 도성을 향해 달려 30리 밖에서 멈추었다. 우리 군사 모두가 막았으나 또다시 패배했다. 사망자가 1만여 명이었다. 당나라 군사는 승세를 타고 성으로 접근했다. 의자왕은 사태를 피할 수 없음을 알고 탄식하며 이렇게 말했다.

"성충의 말을 안 듣고 이 지경에 이른 것이 후회스럽구나."

마침내 의자왕은 태자 효(孝)와 함께 북쪽 변경 마을로 달아났다. 소정방이 사비성을 에워싸자 왕의 둘째 왕자 태(泰)가 스스로 왕이 되어 사람들을 통솔하며 성을 굳게 지켰다. 이때 성에

193

남아 있던 태자의 아들 문사(文思)가 셋째 왕자 융(隆)에게 말
했다.

"왕께서 태자와 함께 탈출하시자 숙부가 제멋대로 왕이 되
었습니다. 만약 당나라 군대가 포위를 풀고 돌아가면 우리가 온
전할 수 있겠습니까?"

그리하여 신하들을 인솔해 밧줄을 타고 성을 나갔다. 백성들
모두가 그들을 따랐으니 태가 막을 수 없었다. 소정방이 병사에
게 성가퀴를 넘어가 당나라 깃발을 세우게 했다. 태는 급박해지
자 성문을 열고 살려 달라고 했다. 이렇게 되자 의자왕과 태자
효는 여러 성과 더불어 항복하였다.

소정방은 의자왕과 태자 효와 왕자 태·융·연(演) 및 대신과
장병 88명, 백성 1만 2,807명을 당나라 수도로 보냈다.

의자왕은 당나라에서 병으로 죽었다.

포석정의 잔치, 천 년 신라의 멸망

경애왕(景哀王, 재위 924~927) 4년(927) 가을 9월에 견훤 (甄萱)이 고울부(高鬱府: 지금의 경상북도 영천군)에서 우리 군사를 침략하자, 경애왕이 고려 태조 왕건에게 구원을 요청했다. 태조는 장군에게 정예병 1만 명을 출동시켜 가서 구하게 하였다. 그러나 견훤은 구원병이 아직 도착하지 않은 사이, 겨울 11월에 경주로 쳐들어왔다.

이때 왕은 왕비와 궁녀 및 친척들과 함께 포석정(鮑石亭)에 서 놀며 잔치를 즐기느라 적병들이 쳐들어오는 것도 모르고 있다가 급작스런 상황에 어찌할 바를 몰랐다. 왕과 왕비는 별궁으로 달려 들어갔고, 친척·대신·관리 및 남녀들은 사방으로 흩어져 달아나 숨었다. 적에게 붙잡힌 이들은 신분이 귀하든 천하든 모두 놀라 식은땀을 흘리고 벌벌 기면서 종이 되겠다고 애걸했으나 화를 피하지 못했다.

또 견훤은 그의 군사들에게 공적인 것이건 사적인 것이건 재물들을 모조리 약탈하게 하고, 자신은 궁궐에 들어가 휘하 부하에게 왕을 찾게 했다. 왕은 왕비와 첩 등의 몇 사람과 함께 별궁에 있다가 견훤의 진영으로 잡혀 왔다. 견훤은 왕을 협박해 자살하게 하였고, 왕비를 강제로 범했으며, 부하들에게는 왕의 비첩들을 범하게 했다. 이어서 왕의 집안 아우를 세워 나랏일을 임시로 맡겼으니, 이 사람이 경순왕(敬順王)이다.

포석정의 잔치는 신라가 멸망하는 한 장면으로 역사에 각인되어 있다. 한편 포석정은 재(齋)를 올리는 사당으로 경애왕이 그곳에서 국가의 안녕을 비는 재를 올렸을 것으로 추측하기도 한다. 신라 멸망의 당위성을 역설하기 위해 포석정의 잔치와 같은 설정을 했을 것이라고 보는 입장도 있다.

마의 태자

경순왕(敬順王, 재위 927~935) 9년(935) 겨울 10월, 왕은 사방의 영토가 모두 남의 차지가 되어서 나라의 형세가 쇠약하고 고립되어 안전할 수 없다고 여겼다. 그리하여 왕은 뭇 신하들과 나라의 땅을 고려 태조에게 바치고 항복하자는 의논을 하였다. 신하들의 의견은 한쪽에선 옳다 하고, 또 한쪽에선 옳지 않다 하였다. 이때 왕자가 다음과 같이 말했다.

"나라가 보전되느냐 멸망하느냐 하는 것은 천명(天命)에 달려 있습니다. 다만 충신과 의로운 선비들과 함께 민심을 거두어 모아 스스로 굳게 지키다가 힘이 다한 연후에야 그만둘 수 있는 것입니다. 그런데 어찌하여 천 년의 사직을 하루아침에 가벼이 남에게 넘겨준다는 것입니까?"

그러자 왕이 말했다.

"이처럼 외롭고 위태로우니 나라를 보전할 수 없는 형세이다. 우리는 강성하지도 못하고 또 아주 약하지도 않으니 무고한 백성들이 전쟁에서 무참히 죽어 갈 것인데 내가 차마 그렇게는 할 수가 없다."

곧 왕은 시랑(侍郎) 김봉휴(金封休)에게 편지를 주어 태조 왕건에게 가서 항복을 청하게 했다. 왕자는 통곡하면서 왕에게 작별하고 바로 개골산(皆骨山: 금강산의 또 다른 이름)으로 들어가 바위를 의지하여 집을 삼고, 삼베옷 입고 푸성귀를 먹으며 일생을 마쳤다.

신라의 멸망과 함께, 그 슬픔의 여운같이 남아 기억되는 사람이 있다. 신라의 왕이 되었을 수도 있던 신라의 마지막 태자다. 경순왕이 신라를 포기하고, 왕실은 삶을 보장받았지만 태자는 홀연히 금강산으로 들어가 은거자로 일생을 마쳤다. 삼베옷을 입고 지냈다 하여 우리는 그를 '마의 태자'(麻衣太子)라 부른다.

버려진 아이의 복수, 궁예

버려진 아이

궁예(弓裔, ?~918)는 신라 사람으로 김씨이다. 아버지는 제 47대 헌안왕(憲安王, 재위 857~861) 의정(誼靖)이며, 어머니는 헌안왕의 후궁으로 그녀의 성명은 전하지 않는다. 혹은 48대 경문왕(景文王) 응렴(膺廉)의 아들이라고 한다.

궁예는 5월 5일에 외가에서 태어났는데, 그때 지붕 위에는 긴 무지개 같은 하얀빛이 올라 하늘에 이어져 있었다. 일관(日官: 천문天文을 담당한 관리)이 왕에게 아뢰었다.

"이 아이는 중오일(重五日)[1]에 태어났습니다. 태어날 때부터 이가 있었고 또 하얀 빛줄기도 이상합니다. 장차 나라에 이롭지 못할까 걱정스러우니 기르지 마십시오."

왕은 궁중에서 일하는 사람에게 그 집에 가서 아이를 죽이게 하였다. 그리하여 명을 받은 사람은 포대기 속에서 아이를 꺼내 다락 아래로 던졌다. 그때 젖 먹이던 여자 종이 몰래 받았는데 잘못해서 손으로 눈을 찔러 아이의 한쪽 눈이 멀게 되었다. 그 종은 아이를 안고 달아나 숨어 살면서 힘들게 키웠다. 아이가

1_ 중오일(重五日): 음력 5월 5일.

10여 세가 되어도 장난을 그치지 않자 그 여자 종이 아이에게 말했다.

"너는 태어나면서 나라로부터 버림을 받았는데, 나는 차마 그럴 수가 없어서 오늘날까지 너를 몰래 길러 왔다. 그런데 네가 이렇게 미친 짓을 해 대니 분명 남들이 알게 될 게다. 그러면 나와 너 모두 화를 면치 못할 텐데 어찌할꼬?"

그러자 궁예가 울면서 말했다.

"그렇다면 전 이곳을 떠나 어머니가 걱정하지 않게 하겠습니다."

그러고는 곧장 세달사로 갔는데 그곳은 지금의 흥교사[2]이다. 궁예는 그곳에서 머리를 깎고 승려가 되어 스스로 법명을 선종(善宗)이라고 하였다. 장성하자 승려의 계율에 구애되지 않고 멋대로 하며 담력이 있었다. 언젠가 재(齋)를 지내러 가는데 까마귀가 무슨 물건을 물어다 그의 바리때 속에 떨어뜨렸다. 궁예가 보니 상아 조각에 '왕'(王) 자가 씌어 있었다. 그는 비밀로 하고 말하지 않았으나 자못 자부심을 갖게 되었다.

2_ 세달사로 갔는데 그곳은 지금의 흥교사: 세달사(世達寺)는 김부식이 살던 고려 시대에 흥교사(興教寺)가 되었는데, 지금의 경기도 개풍군 풍덕에 있던 절이다.

혼란기에 잡은 기회

신라가 쇠퇴해 망해 갈 무렵 정치는 어지러워지고 백성들은
흩어졌다. 경주 인근 지역 밖의 주(州)·현(縣)들은 나라에 반항
하는 곳과 따르는 곳이 반반이었으며, 멀고 가까운 곳에서 도적
무리들이 벌 떼처럼 일어나고 개미 떼처럼 모여들었다. 선종은
이런 어지러운 틈을 타 무리를 끌어모으면 뜻을 이룰 수 있겠다
고 생각했다.

그리하여 진성여왕(眞聖女王) 즉위 5년(891)에 죽주(竹州:
지금의 경기도 죽산)의 도적 우두머리인 기훤(箕萱)에게 투신했
다. 그러나 기훤이 업신여기며 예우하지 않자 선종은 답답하고
편치 못하여 은밀하게 기훤의 부하인 원회(元會)·신훤(申煊) 등
과 결탁해 벗이 되었다가, 892년에 북원(北原: 지금의 강원도 원
주)의 도적 양길(梁吉)에게 투신하였다. 양길은 선종을 잘 대우
하고 일을 맡기더니 드디어 그에게 군사를 나누어 주며 동쪽 지
역을 공략하게 하였다. 이에 선종은 치악산 석남사(石南寺)에 병
영을 두고 주천·나성·울오·어진3_ 등의 현을 습격해 모두 항복
을 받아 냈다.

894년에 명주(溟州: 지금의 강원도 강릉)로 들어갔다. 무리
3,500명4_은 14개 대오로 나누고, 금대(金大)·검모(黔毛)·흔장

3_ 주천·나성·울오·어진: 주천(酒泉)은 지금의 강원도 원주군, 나성(奈城)은 지금의 강원
　　도 영월군이다. 울오(鬱烏)와 어진(御珍)은 어느 곳인지 알 수 없다.
4_ 3,500명: 「신라본기」 진성여왕 8년 조에는 600여 명으로 되어 있다.

(昕長)·귀평(貴平)·장일(張一) 등을 부장으로 삼았다. 선종은 사졸들과 고락을 함께했으며, 상과 벌을 공정히 내리고 사사롭게 하지 않았다. 이렇게 하여 사람들의 존경과 사랑을 받아 장군으로 추대되었다. 그리하여 저족·성천·부약·금성·철원[5] 등의 성을 격파하니 선종 군대의 명성이 자자하여 패서(浿西: 지금의 황해도 예성강 이북 지역)의 도적 무리들이 많이 와서 항복하였다. 선종은 무리가 많아졌으니 새로 나라를 세울 수 있겠다 여겨 스스로 임금이라 일컬으며 내외 관직을 설치하였다. 우리 태조 왕건께서 송악군(松岳郡: 지금의 경기도 개성)에서 와서 선종에게 투신하자 곧 철원군 태수로 임명하였다.

요사스럽고 패악한 지도자

901년에 선종은 스스로 왕이라 일컬으며 사람들에게 말했다.

"지난날 신라가 당나라에 군사를 요청해 고구려를 무너뜨려 지금 평양의 옛 도읍은 궁벽하게 풀만 무성하다. 내가 반드시 그 원수를 갚겠다."

그가 태어났을 때 버림받은 것을 원망해서 이런 말을 한 것이다. 언젠가 남쪽을 순행하다가 흥주(興州: 지금의 경상북도 영

---

[5] 저족·성천·부약·금성·철원: 저족(猪足)은 지금의 강원도 인제, 성천(狌川)은 지금의 화천, 부약(夫若)은 지금의 금화, 금성(金城)은 지금의 금화군 금성면, 철원(鐵圓)은 지금의 철원군이다.

풍군 순흥면)의 부석사(浮石寺)에 갔는데, 벽에 그려진 신라 왕의 모습을 보고는 칼을 뽑아 가격했다. 그 칼자국이 아직도 남아 있다.

911년에 국호를 '태봉'(泰封)으로 고쳤다. 태조에게 군사를 거느리고 금성(錦城: 지금의 전라남도 나주) 등지를 치게 하여 금성을 나주(羅州)로 개칭했다. 이때 세운 공로로 태조는 대아찬 장군이 되었다.

선종은 자신을 미륵불이라 일컬으며 머리에는 금으로 된 두건을 쓰고, 몸에는 승복을 입었다. 그리고 맏아들을 청광 보살(靑光菩薩), 막내아들을 신광 보살(神光菩薩)이라 하였다. 나갈 때는 항상 흰말을 탔는데 말갈기와 꼬리를 비단으로 꾸미고, 소년 소녀들에게 깃발과 일산과 향과 꽃을 받들고 앞에서 인도하게 했으며, 또 비구 200여 명에게 찬불가를 부르며 뒤에서 따르게 하였다. 또한 그는 스스로 불경 20여 권을 지었는데, 그 내용이 요망하여 모두 도리에 맞지 않는 것들이었다. 때때로 그는 반듯하게 앉아서 자신이 지은 불경을 강의하고 설명하니 승려 석총(釋聰)이 말했다.

"모두 바르지 못한 말과 괴상한 얘기라서 남을 가르칠 수 없습니다."

선종이 이 말을 듣고 화가 나 석총을 쇠몽둥이로 쳐서 죽였다.

915년에 부인 강씨(康氏)는 왕이 옳지 않은 일을 많이 하자 정색을 하고 충언하였다. 왕이 그것을 미워하여 말했다.

"당신은 어찌하여 다른 사람과 간통을 했는가?"

강씨가 말했다.

"어떻게 그런 일이 있겠습니까?"

그러자 왕이 말했다.

"내가 신통력으로 보았다."

그러더니 무쇠방망이를 뜨거운 불에 달구어 강씨의 음부를 쳐서 죽였으며, 그녀의 두 아들까지 죽였다. 그 후로 의심이 많아지고 화를 벌컥 내곤 하여, 여러 막료들이며 장수와 관리에서부터 아래로 일반 백성에 이르기까지 무고하게 죽음을 당하는 일이 빈번해졌다. 부양(斧壤: 지금의 강원도 평강군)과 철원 사람들은 그 고통을 이길 수가 없었다.

백성이 버린 궁예, 백성이 세운 왕건

915년 여름 6월에 홍유(洪儒)·배현경(裴玄慶)·신숭겸(申崇謙)·복지겸(卜知謙) 네 사람은 은밀하게 모의하고, 밤에 왕건의 집으로 가서 말했다.

"지금 왕이 부당한 형벌을 가해 처자식을 죽이고 신료에게 죄를 씌워 죽이니, 백성들이 도탄에 빠져 살아갈 수가 없습니다. 예로부터 어리석은 임금을 물러나게 하고 명철한 임금을 세우는 것은 천하의 크나큰 의리였습니다. 공께서는 은나라 탕왕과 주나라 무왕의 사업[1]을 실천하시기 바랍니다."

왕건은 얼굴빛을 바꾸며 거절했다.

"나는 진심으로 충성한다고 자부해 왔는데 지금 왕이 난폭하다 해서 감히 배반할 수는 없습니다. 신하가 임금을 바꾸는 것을 혁명(革命)이라 하는데, 나는 실상 덕이 없으니 감히 은나라 탕왕과 주나라 무왕의 사업을 본받을 수 있겠습니까?"

그러자 여러 장수가 말했다.

"기회는 다시 오지 않습니다. 기회를 만나기는 어렵지만 잃기는 쉽습니다. 하늘이 주시는 것을 받지 않으면 도리어 하늘의 벌을 받게 됩니다. 지금 정치가 어지러워지고 나라가 위태로워지자 모든 백성은 임금을 원수처럼 흘겨보고 있습니다. 그런데

1_ 은나라 탕왕과 주나라 무왕의 사업: 은나라 탕왕(湯王)은 하나라를 멸망시키고 은나라를 세웠고, 주나라 무왕(武王)은 은나라의 폭군이었던 주왕(紂王)을 몰아내고 주나라를 세웠다.

지금 공(公)보다 덕망이 나은 사람이 없습니다. 어찌 못나게 엎드려 있다가 백성이 버린 군주의 손에 죽으려 합니까?"

이때 부인 유씨(柳氏)가 여러 장수가 의논하는 것을 듣고 있다가 왕건에게 말했다.

"어진 이가 어질지 못한 이를 치는 것은 예로부터 그러했습니다. 이제 여러분의 의논을 듣고 있자니 저마저도 분이 치미는데, 하물며 대장부야 더 말할 나위가 있겠습니까? 지금 여러 사람의 마음이 갑자기 변한 것은 하늘의 뜻입니다."

그러더니 부인이 손수 갑옷을 들어 왕건에게 올렸다. 여러 장수가 왕건을 호위하여 문을 나서며 앞에서 이렇게 외치게 했다.

"왕건 공께서 정의의 깃발을 드셨다!"

그러자 앞뒤로 달려와 따르는 사람이 헤아릴 수 없었으며, 또 먼저 궁성 문에 도착해 북 치고 떠들며 기다리는 사람도 1만여 명이나 되었다. 왕이 이 소식을 듣고 어찌할 바를 모르다가 변장을 하고 산속으로 도망쳤으나, 얼마 안 있어 부양의 주민들에게 살해되었다. 궁예는 891년에 일어나 28년 뒤 918년에 망했다.

신라 막바지에 부패한 귀족과 사찰들이 토지를 수탈하며 대토지를 소유하고 경영하자, 농민들은 더욱 열악한 상황에 빠져 전국적으로 농민 봉기가 요원의 불길처럼 번져 갔다. 이러한 농민 반란을 통해 세력을 확장하는 실력자들이 나타났다. 그중 궁예와 견훤과 왕건이 있어 오늘날 후삼국이라 부르는 혼란의 시대를 주도하였다. 버림받은 왕족 출신 궁예의 광기 어린 폭주의 행적들은 고려를 건국한 왕건에게 집권의 정당성을 부여하는 역할을 했을 것이다.

후백제의 견훤

호랑이가 젖을 먹인 아이

견훤(甄萱, 867~936)은 상주(尙州) 가은현(加恩縣: 지금의 경상북도 문경군 가은면) 사람이다. 본래 성은 '이'씨였는데 뒷날 '견'(甄)으로 성씨를 삼았다. 아버지 아자개(阿慈介)는 농사를 지으며 살다가 나중에 집안을 일으켜 장군이 되었다.

견훤이 태어나 포대기에 싸인 젖먹이일 때였다. 아버지는 들에서 밭을 갈고 어머니는 참을 나르느라 아이를 숲에 두었는데, 호랑이가 와서 아이에게 젖을 먹였다. 마을 사람들이 이런 이야기를 듣고 기이하게 여겼다.

견훤이 장성하니 걸출한 외모에 큰 뜻과 기개를 갖추어 범상치 않았다. 견훤은 군인이 되어 수도 경주로 들어갔다가 서남방 해안을 지키는 병사로 파견되었다. 그는 잘 때도 창을 베고 누워 적에 대비했다. 이처럼 용맹스런 기개가 항상 다른 병사들보다 앞섰으며, 이런 공로로 비장(裨將)이 되었다.

후백제의 왕이 된 견훤

신라 진성여왕이 왕위에 오른 지 6년(892) 되는 해였다. 당시 왕의 총애를 받는 신하들이 왕의 곁에서 정권을 농락하니 나라 기강이 문란해진데다 기근까지 덮쳐 백성들은 정처 없이 떠돌고, 도둑들은 벌 떼처럼 일어났다.

이에 견훤은 속으로 분에 넘치는 마음을 먹고 동료들을 불러 모아 수도의 서남쪽 주·현 들을 가서 치니, 가는 곳마다 호응하여 한 달 사이에 무리가 5천 명에 달했다. 드디어 무진주(武珍州: 지금의 광주광역시)를 습격해 스스로 왕이 되었으나 감히 공공연하게 왕이라 일컫지는 못하고, 스스로 서명하기를 '신라서면도통지휘병마제치지절도독 전무공등주군사 행전주자사 겸 어사중승상주국 한남군개국공 식읍이천호'(新羅西面都統指揮兵馬制置持節都督全武公等州軍事行全州刺史兼御史中丞上柱國漢南郡開國公食邑二千戶)라 하였다.

이때 북원(北原: 지금의 강원도 원주)에서 반란을 일으킨 양길(良吉)의 세력이 강성하자 궁예가 자진하여 그의 휘하로 들어갔다. 이런 사실을 들은 견훤은 양길에게 관직을 주어 비장으로 삼았다. 견훤이 서쪽 지역을 돌러 완산주(完山州: 지금의 전라북도 전주)에 이르니 완산주 사람들이 맞아 주며 위로하였다. 견훤은 인심 얻은 것을 기뻐하며 측근들에게 말했다.

"내가 삼국의 시초를 살펴보니 마한이 먼저 일어났고, 그 후 혁거세가 발흥하니 진한과 변한이 좇아 일어났다. 이에 백제가 금마산에 나라를 연 지 600년이 되었다.[1] 그런데 당나라 고종이 신라의 요청으로 장군 소정방에게 수군 13만 명을 거느리고 바다를 건너게 하였다. 그리고 신라의 김유신이 전력을 다해 황산을 거쳐 사비(泗沘: 지금의 충청남도 부여)에 이르러 당나라 군사와 합세하여 백제를 쳐 멸망시켰다. 지금 내가 감히 완산에 도읍을 정하였으니 의자왕의 오래된 분을 풀어 드리지 않을 수 있겠는가!"

이리하여 마침내 자신을 후백제의 왕이라 칭하고 관직을 설치하였다. 이때가 신라 효공왕(孝恭王, 재위 897~912) 4년(900)이다.

왕건과 겨루기

920년에 견훤이 보병과 기병 1만 명을 거느리고 대야성을 공격해 함락시키고, 군사를 진례성(進禮城: 지금의 경상북도 청도)으로 옮겼다. 그러자 신라 왕은 태조 왕건에게 아찬 김률(金

1_ 백제가 금마산에~600년이 되었다: 백제는 한강 유역에서 건국했다. 금마산(金馬山)은 지금의 전라북도 익산시에 있는 산이다. 이 부분은 견훤이 역사적 사실을 착각한 것이다.

律)을 보내 구원을 청했다. 태조가 군사를 출동시키자 견훤이 그
소식을 듣고 물러났다. 견훤은 우리 태조와 겉으로는 화친하는
척했지만 속으로는 이기고자 하였다.

927년 가을 9월에 견훤은 근품성(近品城: 지금의 경상북도
문경군 산양면에 있던 성)을 공격해 빼앗아 불태웠다. 나아가 신
라의 고울부(高鬱府: 지금의 경상북도 영천)를 덮치고 신라 도
성 근처까지 다다랐다. 신라 왕이 태조에게 구원을 청하여 겨울
10월에 태조가 군사를 내어 도우려고 하는데, 견훤이 갑자기 신
라 도성으로 들이닥쳤다. 이때 신라 왕은 부인과 궁녀들을 데리
고 포석정으로 놀러 나와 술판을 벌이며 즐기고 있었는데, 적들
이 닥치자 낭패하여 어찌할 바를 모르다가 부인과 궁성 남쪽 별
궁으로 돌아갔다. 여러 시종·신료·궁녀·악공들은 모두 반란군
에게 잡혀 죽었다. 견훤은 군사들에게 한바탕 약탈하게 하고, 사
람을 시켜 왕을 잡아 오게 해 자신의 앞에서 죽였으며, 그 길로
궁중에 들어가 왕비를 강제로 끌어다 난행을 저질렀다. 그러고
는 왕의 친족 동생인 김부(金傅)에게 왕위를 잇게 하였다. 그런
뒤 왕의 동생 효렴(孝廉)과 재상 영경(英景)을 사로잡았다. 또
나라의 재물과 진귀한 보배와 무기, 왕실의 자녀와 솜씨 있는 기
술자들을 빼앗아 돌아갔다.

한편 태조는 정예 기병 5천 명을 거느리고 공산(公山: 대구 광역시의 팔공산) 아래에서 견훤을 기다렸다가 크게 싸웠다. 그러나 태조 왕건의 장수 김락(金樂)과 신숭겸(申崇謙)이 죽고 전군이 패배해 태조는 겨우 몸만 빠져나왔다. 견훤은 승세를 타고 대목군(大木郡: 지금의 경상북도 약목군)을 빼앗았다.

이 당시 신라의 임금과 신하들은 쇠락하는 시대에 다시 일어서기가 어렵다고 여겨 우리 태조를 끌어들여 우호를 맺고 도움을 받으려고 했었다. 그런데 견훤은 자기가 나라를 훔칠 마음을 가지고 있던 터라 태조 왕건이 선수를 칠까 두려웠다. 견훤은 이런 이유로 군사를 이끌고 왕도로 들어가 악행을 부렸던 것이다.

934년 봄 정월에 견훤은 태조가 운주(運州: 지금의 충청남도 홍성군)에 주둔해 있다는 소식을 듣고, 무장한 군사 5천 명을 선발해 운주에 이르렀다. 그러자 장군 금필(黔弼)은 견훤의 부대가 미처 진을 치기도 전에 정예 기병 수천 명으로 돌격해 3천여 명의 머리를 베었다. 웅진(熊津) 이북의 30여 성에서 이 소문을 듣고 자진하여 항복했다. 견훤의 휘하에 있던 책략가 종훈(宗訓)과 의원 훈겸(訓謙), 용감한 장수 상달(尙達)과 최필(崔弼) 등도 태조에게 항복하였다.

견훤의 마지막, 그의 아들들

견훤은 많은 아내를 얻어 아들이 10여 명 있었는데, 넷째 아들 금강(金剛)이 키가 크고 지략이 많았다. 견훤은 금강을 특히 사랑하여 자기 자리를 물려줄 생각이었다. 이 사실을 안 금강의 형들인 신검(神劍)·양검(良劍)·용검(龍劍) 등이 괴로워했다. 이때 양검은 강주(康州: 지금의 경상남도 진주) 도독으로 있었고, 용검은 무주(武州: 지금의 광주광역시) 도독으로 있었으며, 신검만 견훤 곁에 있었다.

그런데 이찬 능환(能奐)이 강주와 무주에 사람을 보내 양검 등과 함께 음모를 꾸몄다. 그리하여 935년 봄 3월에 파진찬(波珍湌) 신덕(新德)·영순(英順) 등과 함께 신검에게 권고하여 견훤을 금산의 절집² 에 가두고 사람을 보내 금강을 죽였다. 신검은 스스로 대왕이라 칭하고 나라 안의 죄수들을 대거 사면했다.

견훤은 석 달간 금산사에 있다가 여름 6월에 막내아들 능예(能乂), 딸 쇠복(衰福), 애첩 고비(姑比) 등과 함께 금성(錦城: 지금의 전라남도 나주)으로 달아난 뒤 태조에게 사람을 보내 뵙기를 청했다. 태조는 기뻐하며 장군 금필과 만세(萬歲) 등에게 뱃길로 가서 위로하여 데려오게 하였고, 견훤이 도착하자 정중

2_ 금산(金山)의 절집: 지금의 전라북도 김제군 금산사.

한 예로 대접하였다. 견훤이 태조보다 열 살 연상이라 높여서 '상보'3_라 하였고, 남궁에서 거처하게 해 주었으며, 견훤의 지위를 모든 벼슬아치의 위에 있게 하였다.

936년 여름 6월에 견훤은 태조에게 고했다.

"제가 전하께 투신한 이유는 전하의 위엄에 의지해 반역을 일으킨 자식을 주살하고자 했던 것뿐입니다. 엎드려 바라오니 대왕의 신묘한 군사를 빌려 난신적자들을 섬멸하게 해 주십시오. 그러면 저는 죽어도 유감이 없겠습니다."

태조는 그 말을 따라 먼저 태자 무(武)와 장군 술희(述希)에게 보병과 기병 1만 명을 거느리고 천안부(天安府)로 가게 하였다. 가을 9월에 태조는 삼군(三軍)을 거느리고 천안으로 가 병력을 합치고 일선(一善: 지금의 경상북도 구미시 선산)에 진주하였다. 신검은 군사를 동원해 막으니, 갑오일에 일리천(一利川)을 사이에 두고 서로 대치해 진을 벌였다.

후백제의 장군 효봉(孝奉)·덕술(德述)·명길(明吉) 등은 태조의 군대가 세력이 크고 정비된 것을 보고 무기를 버리고 진영 앞에서 항복하였다. 태조가 그들을 위로하고 후백제 군의 장수가 있는 곳을 물으니, 효봉 등은 총대장 신검이 중군(中軍)에 있다고 말했다. 태조는 장군 공훤(公萱)에게 명해 중군을 치게 하

3_ 상보(尙父): 주(周)나라 무왕(武王)이 주나라를 세우는 데 큰 역할을 한 강태공(姜太公)을 아버지처럼 존숭하여 부른 존칭이다.

고, 전군이 일제히 진격해 양쪽에서 공격하니 후백제 군은 무너져 달아났다. 신검은 두 아우 및 장군 부달(富達)·소달(小達)·능환(能奐) 등 40여 명과 항복하였다.

태조는 항복을 받아들였다. 그리고 능환을 제외한 나머지는 모두 위로하고 처자식들과 함께 서울로 올라오도록 하였다. 태조가 능환에게 물었다.

"처음에 양검 등과 비밀리에 모의해 대왕을 가두고 그 아들을 왕으로 세운 것은 네 책략이었다. 신하의 도리가 이래도 되는가?"

능환이 머리를 숙이고 아무 말도 못하니 드디어 목을 베라고 명령하였다. 그리고 신검은 왕위를 차지한 것이 다른 사람의 협박에 의한 것이고 그의 본심이 아니며, 또 귀순해 죄를 빌었다 하여 특별히 죽을죄를 용서하였다. 〔세 형제가 모두 죽음을 당했다고도 한다.〕 한편 견훤은 근심 걱정으로 등창이 나서 며칠 만에 황산(黃山 : 지금의 경기도 연산)의 사찰에서 죽었다.

태조의 군대 법령은 엄하고 공정하여 병사들이 조금도 백성들에게 해를 입히지 않았다. 그러자 여러 지방에서 안도하고 노인과 아이들까지 모두 만세를 불렀다. 이에 장수와 병졸들을 위문하고 재능을 헤아려 임용하니 백성들은 각기 자신들의 생업으로 돌아가 안정되었다.

농민 반란의 세를 규합하며 지방을 장악해 나간 견훤은 '후백제'를 세우며 궁예가 세운 '후고구려'와 더불어 후삼국시대의 한 축이 되었다. 어려서 호랑이가 젖을 먹였다는 일화가 만들어진 것으로 보아 견훤은 영도력을 갖춘 난세의 영웅이었을 것이다. 그러나 후계 문제로 아들에게 정권을 찬탈당하고 왕건에게 의탁했다가 초라하게 죽었다. 견훤 열전이지만 후반부는 왕건의 활약과 그의 관대한 행적으로 채워져 있다. 역사는 승자에 의해 기록된다.

훨훨 나는 저 꾀꼬리

훨훨 나는 저 꾀꼬리

　고구려 유리명왕 3년(기원전 17) 겨울 10월에 왕비 송씨(松氏)가 죽었다. 왕은 다시 두 여인에게 장가들어 그들을 후실로 삼았다. 한 여자는 화희(禾姬)라 하는데 골천(鶻川) 사람의 딸이고, 또 한 여자는 치희(稚姬)라 하는데 한(漢)나라 사람의 딸이었다. 두 여인이 왕의 총애를 받으려고 다투며 서로 화합하지 못하자, 왕은 양곡(涼谷)의 동과 서에 두 채의 궁을 지어 각각 따로 지내게 했다. 그 후 왕이 기산(箕山)으로 사냥을 나가 7일간 돌아오지 않았을 때 두 여인이 싸우게 되었다. 화희가 치희에게 꾸짖어 말했다.

　"너는 한나라 집안의 종년이었으면서 어찌 이리도 무례한 것이냐?"

　이 말을 들은 치희는 부끄럽고 한스러워 한나라로 돌아가 버렸다. 왕이 이 소식을 듣고 말을 달려 쫓아갔지만 치희는 노하여 돌아오지 않았다.

　어느 날 왕이 나무 아래에서 쉬며 꾀꼬리가 날아드는 것을 보다가 느껴지는 것이 있어 다음과 같이 노래했다.

훨훨 나는 저 꾀꼬리

암수 서로 다정한데

외로운 이내 몸은

뉘와 함께 돌아갈꼬.[1]

1_ 훨훨 나는~함께 돌아갈꼬: 이 시의 원문은 다음과 같다. "翩翩黃鳥, 雌雄相依. 念我之
獨, 誰其與歸."

유리명왕이 노래한 「황조가」(黃鳥歌)는 연인이 떠난 후의 쓸쓸한 마음을 소박하게 노
래한 우리나라 최초의 애정 가요다. 한편 화희와 치희의 갈등을 총애 다툼보다는 토착
세력과 한나라 외래 세력 간의 다툼으로 해석하기도 한다. 유리왕은 부친 주몽을 찾아
왔지만 주몽은 곧 죽고, 자기 세력도 없이 고구려의 왕이 되었다. 고독했을 것이다. 게
다가 아내들마저 싸우고 떠났다. 그때 부른 노래일 것이다.

도솔가, 가악의 시초

신라 유리 이사금 5년(28) 겨울 11월에 왕이 나라 안을 돌며 시찰하다가 한 노파가 굶주림과 추위로 죽어 가는 것을 보고 말했다.

"보잘것없는 내가 임금 자리에 있다 보니 백성을 잘 보살피지 못해 늙은이와 어린이들이 이 지경까지 이르게 되었다. 이는 내 죄다."

왕은 옷을 벗어 노파에게 덮어 주고 음식을 내어 먹게 했다. 그런 뒤 관리에게 명해 곳곳에 있는 홀아비, 과부, 고아, 자식 없는 늙은이, 늙고 병들어 제 힘으로 살아갈 수 없는 이들을 찾아 위문하고 생필품을 지급해 부양하게 하였다. 그러자 이웃 나라에서 소문을 듣고 찾아오는 백성이 많아졌다. 이해에 민간의 풍속이 즐겁고 평안하여 처음으로 「도솔가」(兜率歌)를 지었으니, 이것이 가악(歌樂)의 시초이다.

삼국시대 이전에도 물론 가악은 있었겠지만 「도솔가」는 국가적 차원에서 만들어진 것으로 보인다. 「도솔가」는 대개 나라의 평안을 위한 노래였을 것이다. 이때 처음 「도솔가」를 지었다 하였으니 이후에도 「도솔가」가 지어졌을 것이다. 월명사(月明師)가 지은 향가 「도솔가」도 그러한 전통을 이은 것이 아니었을까?

가배, 한가위의 기원

신라 유리 이사금 9년(32) 봄에 6부(六部)의 이름을 고치고 아울러 성씨를 내려 주었다.[1]

왕은 6부를 정한 다음 이들을 둘로 나누어 왕의 두 딸에게 각각 부(部) 내의 여자들을 거느리고 패를 나누게 하였다. 그리고 이들에게 가을 7월 16일부터 매일 아침 일찍 부의 큰 뜰에 모여 길쌈을 하도록 해서 밤 열 시경에 끝마치게 하였다. 그런 뒤 8월 15일에 두 패의 성과를 평가해서 진 쪽이 술과 음식을 마련해 이긴 쪽에게 베풀었다. 이 자리에서 노래와 춤과 온갖 놀이가 다 벌어졌으니, 이를 일러 '가배'(嘉俳)라 하였다. 이때 진 쪽에서 한 여자가 일어나 춤을 추면서 탄식조로 "회소! 회소!"라고 했는데, 그 소리가 슬프고도 아름다워 뒷날 사람들이 그 소리에 노래를 지어 「회소곡」(會蘇曲)이라 하였다.

---

[1] 6부(六部)의 이름을~성씨를 내려 주었다: 신라의 6촌을 유리 이사금이 6부로 개편했다. 그리고 6부에 각각 이씨, 최씨, 손씨, 정씨, 배씨, 설씨의 성을 내려 주었다. 혈연 중심으로 지역을 나눈 것이다. 이는 중앙 집권적 제도의 기틀을 잡기 위한 조치이기도 했다.

한가위, 곧 추석의 기원이 된 '가배'의 유래에 대한 기록이다. 그것은 왕녀 두 명이 패를 나누어 벌인 베 짜기 시합에서 비롯된 것이었으니, 이는 생산을 장려하기 위한 축제였던 셈이다.

방아 소리를 내어 위로하리다

백결 선생(百結先生)은 어떤 사람인지 알 수 없다. 그는 낭산(狼山: 지금의 경상북도 경주시 낭산) 아래 살았는데, 집이 너무 가난해서 옷을 백 군데나 꿰매 마치 메추라기를 달아맨 것 같았다. 그래서 당시 사람들은 그를 동쪽 마을의 '백결 선생'이라 불렀다. 그는 일찍이 영계기(榮啓期: 중국 고대의 거문고 명인)를 흠모하여 거문고를 가지고 다니면서 이런저런 희로애락과 불만을 거문고로 표현했다.

한편, 한 해가 저물 무렵 이웃 마을에서 곡식을 찧자 선생의 아내가 그 방아 소리를 듣고 말했다.

"남들은 다들 곡식이 있어서 방아를 찧는데 우리만 곡식이 없으니 무엇으로 한 해를 마무리해야 하나요?"

그러자 백결 선생은 하늘을 우러러보며 이렇게 탄식하였다.

"죽고 사는 것은 사람마다 명이 있는 것이고, 부귀는 하늘에 달린 것이오. 온다고 막을 수도 없고 간다고 따라갈 수도 없는 것이거늘, 당신은 어째서 속상해 하오? 내가 당신을 위해 방아 소리를 내어 위로하리다."

그러고는 거문고를 연주해 방아 소리를 냈다. 세상에 그 곡이 전해져서 「방아타령」[1]이라 불리게 되었다.

1_ 「방아타령」: 원제목은 '대악'(碓樂)이다.

자비왕(慈悲王, 재위 458~479) 때 거문고의 명인인 백결의 일화이다. 백결은 젊은 시절 중국 춘추시대의 인물인 영계기를 흠모하였다. 영계기는 사슴가죽 옷에 새끼 띠를 맨 거지 차림으로 늘 금(琴)을 타며 노래를 부르고 다닌 것으로 유명한 중국 고대의 대음악가이다. 백결 또한 그와 같은 삶을 살았던 것이다. 결핍이 있어야 예술을 꽃피우는 법.

가야에서 온 우륵과 가야금

신라 진흥왕 12년(551) 3월, 왕이 나라를 순회하며 시찰하다가 낭성(娘城: 지금의 충청북도 청원군 낭성면)에 묵게 되었다. 왕은 우륵(于勒)과 그의 제자 이문(尼文)이 음악을 안다는 말을 듣고 특별히 그들을 불러들였다. 왕이 하림궁(河臨宮)에 머물며 그들에게 음악을 연주하게 하자 두 사람은 각기 새로운 노래를 지어 연주하였다.

앞서 가야국의 가실왕(嘉悉王)은 열두 달의 음률을 상징하여 12현금을 만들었다. 그리고 우륵에게 명해 12현금으로 곡을 짓게 했다.[1] 그러다 가야국이 어지러워지자 우륵은 악기를 가지고 우리 신라로 투신하였다. 그 악기의 이름은 가야금(伽倻琴)이다.

진흥왕 13년(552), 왕은 계고(階古)·법지(法知)·만덕(萬德) 세 사람을 우륵에게 보내 음악을 배우게 했다. 우륵은 그들의 재능을 헤아려 계고에게는 가야금을 가르치고, 법지에게는 노래를 가르쳤으며, 만덕에게는 춤을 가르쳤다. 학업이 이루어지자 왕이 연주해 보게 하더니 말했다.

---

[1]_ 가야국의 가실왕은~짓게 했다: 대가야의 가실왕은 가야 여러 나라의 음악을 모아 우륵에게 12곡을 짓게 했는데, 12곡 중 10곡이 가야의 지명을 제목으로 한 곡이었다. 가실왕이 가야의 지명을 소재로 음악을 만들어 연주하게 한 것은 대가야가 가야 지역 전체를 지배한다는 생각 때문이었다.

"지난번 낭성에서 들은 연주와 다르지 않구나!"
그러고는 후하게 상을 주었다.

가야금을 통해 '삼국시대'라는 시대 구분 용어에 대해 다시 생각해 보게 된다. 그 시대에는 삼국 외에도 엄연히 가야국이라는 나라가 있었기 때문이다. 진흥왕 대 이후 소국(小國) 연맹체였던 가야국이 점차 신라로 흡수되고, 또 가야에 기록 문화가 없었던 것이 문제이기는 하다. 그러나 역사에서 소거될 수는 없다. 가야는 우수한 철기 문화를 보유했고 또한 이렇게 훌륭한 음악 문화를 향유한 나라였다.

거문고, 검은 학이 춤을 추다

거문고의 제작에 대해 『신라고기』(新羅古記)에 다음과 같이 기록되어 있다.

처음 진(晉)나라 사람이 7현금(七絃琴)을 고구려에 보냈는데 고구려 사람들은 그것이 악기라는 것은 알았지만 그 음조나 연주법을 몰랐다. 그래서 나라 사람 가운데 그 음을 알고 연주할 수 있는 이에게 후한 상을 주겠다고 상을 내걸었다. 당시 제2 재상이었던 왕산악(王山岳)이 그 본래 모양은 보존하면서도 조금 고쳐서 악기를 제작한 뒤에 100여 곡을 짓고 연주하니 검은 학이 날아와 춤을 추었다. 그리하여 '현학금'(玄鶴琴)이라 이름을 붙였는데 그 뒤로 그냥 '현금'(玄琴)이라 하게 되었다.

신라 사람 사찬(沙湌: 신라의 17관등 중 여덟째 관등) 공영(恭永)의 아들 옥보고(玉寶高)는 지리산 운상원[1]에 들어가 거문고를 익혔다. 그는 그곳에 들어간 지 50년 만에 새로운 가락 30곡을 창작해서 이를 속명득(續命得)에게 전수하였고, 속명득은 귀

---

[1] 운상원(雲上院): 지금의 경상남도 하동군의 칠불사(七佛寺)에 있다. 가락국 수로왕의 일곱 왕자가 운상원에서 수도하여 성불했다고 한다. 전라북도 남원시 운봉 지역에 있었던 음악관이었을 것으로 추정하는 견해도 있다.

225

금(貴金) 선생에게 전수했는데, 귀금 선생 역시 지리산에 들어가 나오지 않았다.

신라 왕은 거문고의 기예가 끊길까 염려해 이찬 윤흥(允興)에게 어떻게 해서라도 그 음악을 전수받아 오라 이르고, 그에게 남원(南原)의 공무(公務)를 맡겼다. 윤흥은 관부에 와서 안장(安長)과 청장(淸長)이라는 총명한 소년 두 명을 뽑아 그들에게 지리산으로 들어가 거문고를 배워 오도록 했다. 귀금 선생은 그들에게 거문고를 가르쳐 주되 그 은미한 경지는 전수해 주지 않았다.

그러자 윤흥이 자기 처와 함께 귀금 선생을 찾아가 말했다.

"우리 왕께서 저를 남원에 보내신 것은 다름이 아니라 선생의 기예를 전수받게 하기 위해서입니다. 지금 3년이 되었는데도 선생께서는 숨기고 전수하지 않으시니 제가 왕께 돌아가 아뢸 것이 없습니다."

그러더니 윤흥은 두 손으로 술을 받들고 그의 처는 술잔을 잡고 무릎으로 기면서 지극한 예와 정성을 다했다. 그런 연후에야 귀금 선생은 숨겨 두었던 「회오리바람」[2] 등 세 곡을 전수해 주었다. 안장은 자기 아들 극상(克相)과 극종(克宗)에게 전수하고, 극종은 일곱 곡을 지었다. 극종 이후 거문고를 업으로 삼은 이들이 한둘이 아니었다.

2_ 「회오리바람」: 원제목은 「표풍」(飄風)이다.

거문고는 고구려 영양왕(嬰陽王, 재위 590~597) 8년(597)에 중국에서 들여온 일곱 줄의 현악기를 왕산악이 새롭게 고쳐 만든 악기라고 한다. 훗날 신라에서는 경덕왕(景德王, 재위 742~765) 때의 옥보고가 거문고의 대가로 이름이 높았다. 삼국 통일 이후 고구려의 거문고가 신라에 전래되면서 이루어진 성과일 것이다. 지리산의 귀금 선생이 연주한 「회오리바람」이라는 곡은 지리산 녘의 골바람 소리를 닮았을까?

쇠머리 강수

강수(强首)는 중원경(中原京: 지금의 충청북도 충주시) 사량(沙梁) 사람으로, 아버지는 내마(奈麻: 신라의 17관등 중 열한 번째 관등) 벼슬을 한 석체(昔諦)이다. 그의 어머니가 꿈에 머리에 뿔이 난 사람을 보고 임신했는데, 아이를 낳으니 뒷머리에 불쑥 나온 뼈가 있었다. 석체는 당시 현명하다는 사람에게 아이를 데리고 가서 물었다.

"이 아이의 머리뼈가 불쑥 나왔는데 왜 그런 겁니까?"

현자가 대답했다.

"내가 알기로 복희씨는 범의 모습이었고, 여와씨는 뱀의 몸이었으며, 신농씨는 소의 머리를 가졌고, 고요는 말의 입을 가졌다 합니다.[1] 성현들은 같은 인간이지만 그 생김새가 역시 범상치 않은 데가 있는 것입니다. 또 아이 머리를 보니 사마귀가 있군요. 관상법에 얼굴의 사마귀는 좋지 않고, 머리의 사마귀는 나쁘지 않다고 했습니다. 이것은 분명 기이한 일입니다!"

강수의 아버지는 돌아와서 그의 아내에게 말했다.

"이 아이는 보통 아이가 아니니 잘 길러서 장래에 나라의 인재가 되도록 해야겠소."

1_ 복희씨는 범의~가졌다 합니다: 모두 중국 고대 신화 전설 속의 제왕이자 현신(賢臣)이다. 복희(伏羲), 여와(女媧), 신농(神農)은 중국 고대 신화상의 제왕들로 삼황(三皇)이라 불린다. 복희와 여와는 남매이자 부부로 인류의 시조가 되었다고 전하고, 신농은 농사를 가르친 문화 영웅이었고, 고요(皐陶)는 순임금을 섬긴 현명한 신하 중 한 사람이다. 그들이 동물 형상의 기이한 모습으로 형상화된 것은 그들의 신이한 업적을 상징한 것이라고 볼 수 있다.

강수는 자라면서 스스로 책을 읽을 줄 알았고 글의 의미를 훤히 깨달았다. 강수의 아버지가 아들의 생각을 알아보려고 물었다.

"너는 불도를 배울 것이냐, 유학을 배울 것이냐?"

이에 강수가 대답했다.

"저는 불교가 세속을 떠난 가르침이라고 알고 있습니다. 저는 세속의 사람인데 어찌 불교를 공부하겠습니까? 저는 유학의 도를 배우고자 합니다."

강수의 아버지는 말했다.

"너 좋을 대로 해라."

강수는 마침내 스승을 찾아가서 『효경』·「곡례」·『이아』·『문선』[2]-을 읽었다. 스승에게 배운 것은 수준이 낮았지만 그가 깨달아 얻은 것은 한층 높고 심원하여 당대에 우뚝한 영걸이 되었다. 그리고 벼슬길에 들어가 관직을 역임하고 당시의 유명한 인물이 되었다.

강수는 일찍이 부곡(部曲)[3]-의 대장간 집 딸과 정을 통하고 매우 깊이 사랑했다. 그런데 스무 살이 되자 부모가 읍내에서 용모와 행실이 좋은 여자를 중매해 장가들이려 하였다. 강수는 두 번 장가들 수 없다고 거절하였다. 이에 아버지는 화가 나서 말

2_ 『효경』·「곡례」·『이아』·『문선』: 『효경』(孝經)은 효가 덕의 근본임을 주장하는 유교 경전이고, 「곡례」(曲禮)는 예법서인 『예기』의 한 편명이다. 『이아』(爾雅)는 일종의 자전(字典)으로 고금의 문자를 설명한 책이다. 『문선』(文選)은 선진 시대부터 양나라 때까지 지어진 시문들을 엮은 책이다.
3_ 부곡: 특수한 지방의 하급 행정 구획의 하나로, 특정한 생산을 담당하는 노비나 천민 같은 사람들이 집단으로 거주하는 지역이다.

했다.

"너는 이 세상에 이름이 나서 나라 사람들이 다 아는데, 미천한 사람을 배우자로 삼는 것은 부끄러운 일이 아니냐?"

강수는 두 번 절을 드리고 말하였다.

"가난하거나 신분이 천한 것은 부끄러운 바가 아닙니다. 도리를 배우고 행동하지 않는 것이 정말 부끄러운 바입니다. 저는 옛사람이 한 말을 들은 적이 있습니다. '함께 고생했던 아내는 집에서 내칠 수 없고, 빈천할 때 사귄 친구는 잊을 수 없다'고 했습니다. 그래서 미천한 아내를 차마 버릴 수 없습니다."

태종 무열왕이 즉위하자 당나라의 사신이 와서 황제가 보낸 조서(詔書)를 전했는데, 그중 이해하기 어려운 부분이 있었다. 왕이 강수를 불러 물으니, 왕 앞에서 한 번 보고 풀어서 설명하는데 전혀 막히는 곳이 없었다. 왕이 놀랍고도 기뻐 서로 늦게 만난 것을 한탄하면서 그의 성명을 물었다.

"저는 본래 임나가량(任那加良 : 대가야. 지금의 경상북도 고령) 사람으로, 이름은 우두(牛頭)입니다."

"경의 두개골을 보니 강수(强首) 선생이라 부르는 게 좋겠습니다."

왕은 강수에게 당나라 황제가 보낸 조서에 대해 감사하다는 회신의 표문을 짓게 했다. 그의 문장은 공교하면서도 뜻이 곡진해서 왕이 더욱 기특하게 여겨 이름을 부르지 않고 임생(任生)이라고만 할 따름이었다. 강수는 생계에 신경을 쓰지 않았기에 집안이 가난했지만 편안해 했다. 왕은 담당자에게 해마다 신성(新城: 신라 남산의 성)에서 거둔 조세 100석을 강수에게 주도록 명했다.

문무왕은 다음과 같이 말했다.

"강수는 문장에 관한 일을 스스로 맡아 외교 문서로 중국 및 고구려와 백제 두 나라에 우리의 뜻을 잘 전했으므로 우호를 맺는 데 성공할 수 있었다. 우리 선왕께서 당나라에 군사를 요청해 고구려와 백제를 평정한 것은 군사적 공로라고 할 수 있지만 또한 강수의 외교 문장이 도움이 되었다. 그러니 강수의 공로를 어찌 소홀히 하겠는가?"

그리하여 사찬의 직위를 주고 녹봉을 더해 해마다 조세로 거둔 곡식 200석을 주었다.

강수는 신문대왕(神文大王, 재위 681~692) 때 사망하였다. 장례 때 관가에서 부의(賻儀)로 많은 옷가지를 보내 주었으나 그의 집안사람들은 자신들이 가지지 않고 모두 절로 보냈다. 강수의 아내가 먹을 것이 없어 고향으로 돌아가려 하자, 대신이 그 말을 듣고 왕에게 청해 곡식 100석을 내려 주었다. 그러나 강수의 아내는 거절하며 말했다.

"저는 천한 신분이었는데 남편을 따라 먹고 입다 보니 나라의 은혜를 받은 것이 많습니다. 지금 홀로 된 마당에 어찌 감히 다시 후히 하사하신 것을 받을 수 있겠습니까?"

그러고는 끝내 받지 않고 고향으로 돌아갔다.

강수는 유학자이자 문장가로 삼국 통일 전쟁기에 당나라·고구려·백제에 보내는 외교 문서를 도맡았다. 한편 강수는 신분이 낮은 아내를 맞이하여 결코 조강지처를 내치지 않았고, 또 그의 아내는 나라가 베푸는 배려를 과분하다며 거절했다. 이들은 유교적 도리를 실천한 부창부수의 모범으로, 『삼국사기』의 편찬이 지향한 유가적 덕목을 잘 보여 주는 인물들이라 하겠다.

외로운 구름, 최치원

최치원(崔致遠)의 자는 고운(孤雲)이고, 경주 사량부(沙梁部) 사람이다. 역사 기록이 없어져 그의 집안 내력은 알 수 없다.

최치원은 어려서부터 명민했고 배우는 것을 좋아했다. 12세 때 바다를 통해 배를 타고 당나라로 들어가 공부하려 하자 그의 아버지가 말했다.

"10년 안에 과거에 급제하지 못하면 내 아들이 아니다. 가서 열심히 해라."

최치원은 당나라에 도착해 스승을 좇아 부지런히 공부하였다. 그리하여 당나라에 유학한 지 7년 만인 874년에 예부시랑 배찬(裴瓚)이 주관한 과거에 단번에 급제하여 선주 율수현위[1]에 임명되었다. 그 후 그의 공과를 따져 승무랑 시어사 내공봉(承務郞侍御史內供奉)이 되었고, 자금어대[2]를 하사받았다.

그때 황소가 반란을 일으켰다.[3] 고변(高騈)은 제도행영병마도통(諸道行營兵馬都統)이 되어 황소의 반란군을 토벌하게 되었는데, 최치원을 추천해 종사관으로 삼고 서기의 임무를 맡겼다. 최치원이 지은 표문·장계·서한·계사[4]들이 지금까지 전해 온

1_ 선주(宣州) 율수현위(溧水縣尉): 강소성(江蘇省) 율양현의 관리.

2_ 자금어대(紫金魚袋): 적동색의 신표 주머니를 말한다. 어대는 당나라 때 5품 이상의 관리가 신표를 넣는 주머니이다.

3_ 황소가 반란을 일으켰다: 당나라 말 지배층의 횡포와 토지·계급 등의 문제에 반발하여 상인이었던 황소(黃巢)가 무리를 모아 875년에 난을 일으켰다. 한때 전국을 장악하기도 했으나 결국 관군에게 패하고 난은 평정되었다.

4_ 표문·장계·서한·계사: 표문(表文)은 임금이나 정부에 올리는 글, 장계(狀啓)는 지방관이 임금에게 보고하는 문서, 서한(書翰)은 편지글, 계사(啓辭)는 죄를 논하며 임금에게 아뢰는 글이다.

다.5_

　최치원은 28세가 되자 고향으로 가서 부모님을 뵈어야겠다고 생각했다. 당나라 황제 희종(僖宗)이 그것을 알고 885년에 그에게 조서를 가지고 신라를 방문하게 했다. 최치원은 신라에 머물러 시독 겸 한림학사 수병부시랑 지서서감(侍讀兼翰林學士守兵部侍郞知瑞書監)이 되었다. 최치원은 중국에 유학해서 얻은 것이 많았기 때문에 신라로 돌아와 자기의 뜻을 실행해 보고자 했다. 그러나 신라가 쇠망해 갈 무렵이라 의심과 시기가 팽배해 최치원은 조정에서 벼슬하지 못하고 외직으로 나가 대산군6_ 태수가 되었다.

　최치원은 서쪽 당나라에서 벼슬할 때부터 동쪽 고국에 돌아와서까지 모두 어지러운 시대를 만나 어렵고 고생스러웠으며 걸핏하면 비난을 받았다. 그는 불우한 자신을 슬퍼하며 다시는 벼슬하지 않겠다고 생각했다. 그리하여 이곳저곳 마음 가는 대로 떠돌아다녔다. 산 밑이나 강변이나 바닷가에 정자를 지었고, 소나무와 대나무를 심었으며, 서책을 베고 누워 자연을 노래했다. 경주 남산, 강주(剛州: 지금의 경상북도 영주·의성 일대) 빙산(氷山), 합주(陜州: 지금의 경상남도 합천) 청량사(淸凉寺), 지리산 쌍계사(雙溪寺), 합포현(合浦縣: 지금의 경상남도 창원) 별

5_ 그가 지은~지금까지 전해 온다: 최치원은 이때 「토황소격문」(討黃巢檄文)을 지어 문장가로서 명성을 얻게 된다.
6_ 대산군(大山郡): 지금의 충청남도 부여군 홍산면과 전라북도 정읍군 태인 일대.

장이 모두 그가 노닐던 곳이다.

최치원은 마지막에 가족을 이끌고 가야산의 해인사(海印寺)에 은둔했다. 친형인 승려 현준(賢俊) 및 정현사(定玄師)와 더불어 도우(道友)를 맺고 한가롭게 노닐며 지내다 여생을 마쳤다.

처음 당나라에 유학했을 때 강동(江東)의 시인 나은(羅隱, 833~909)과 서로 알게 되었다. 나은은 자신의 재주를 믿고 자부심이 높아 쉽게 다른 사람을 인정하지 않았다. 그러나 최치원에게는 자기가 지은 노래와 시 다섯 묶음을 보여 주었다. 또 같은 나이인 고운(顧雲)과도 친했는데, 최치원이 귀국할 때 고운이 송별시를 지었으니 대략 이렇다.

내 들으니 바다 위에 금자라 셋 있어
금자라 머리마다 산을 이고 있다네.[7]
높고 높은 산 위엔 보석 궁궐 황금 전각이 있고
산 아랜 천리만리 큰 물결이로세.
그 옆에 한 점, 계림(鷄林)이 푸른데
자라 산의 빼어난 정기로 기특한 인재 낳았네.
열두 살에 배를 타고 바다 건너가니
그의 문장은 중국(中國)을 감동시켰네.

7_ 내 들으니~이고 있다네: 중국 전설에 동쪽 바다에 삼신산(三神山)이 있고 금색 자라가 등으로 그것을 지고 있다고 하였다.

235

열여덟에 과거 시험장 돌아다니더니

첫 화살이 적중하듯 단번에 급제했네.

『신당서』(新唐書) 「예문지」(藝文志)에 다음과 같은 기록이 있다.

"최치원은 『사륙집』(四六集) 1권과 『계원필경』(桂苑筆耕) 20권이 있다."

그 기록의 주에는 이렇게 되어 있다.

"최치원은 고려 사람으로 빈공과[8]에 급제해 고변의 종사관이 되었다."

그의 이름이 중국에 알려진 것이 이와 같았다. 또 그의 문집 30권이 세상에 유통되고 있다.

처음 우리 태조 왕건께서 나라를 일으키실 때, 최치원은 태조가 보통 사람이 아니며 반드시 천명을 받아 나라를 열 것을 알았다. 그래서 태조에게 문안 편지를 올렸는데 이런 구절이 있었다.

"계림(雞林)은 누런 잎이고, 곡령(鵠嶺 : 개경, 즉 개성)은 푸른 솔이다."

그의 문인들은 고려 초에 조정에서 벼슬하여 높은 관직에 이

8_ 빈공과(賓貢科): 당나라의 과거 제도 중 외국인을 위해 실시한 과거 시험이다. 빈공과는 외교적 차원에서 설치된 것이라 이를 통해 실질적으로 당나라의 높은 관리로 신분 상승을 할 수 없다는 한계를 가지고 있었다.

른 자가 적지 않았다.

고려 현종(顯宗, 재위 1010~1031)이 왕위에 있을 때, 최치원이 태조의 왕업을 은밀하게 도왔으니 그의 공을 잊을 수 없다며 교서를 내려 최치원에게 내사령(內史令)을 추증하고, 현종 14년(1023) 5월에는 '문창후'(文昌侯)라는 시호를 내렸다.

최치원(857~?)은 유학자이면서 불교와 도교에 대해서도 깊이 이해한 사상가다. 또한 시와 문장 모두에 뛰어났던 문학가이기도 하다. 그러나 육두품 출신이라는 계급적 한계와 신라 말기의 혼란한 상황 속에서 포부와 재능을 제대로 펼치지 못했다. 당나라에서 기회를 찾아보기도 했지만 그곳에서도 길을 찾지 못하고 돌아와 쓸쓸히 세상을 떠돌다 사라졌다. 최치원과 관련된 전설과 설화가 많은데, 그 이유는 세상에서 길을 잃은 뛰어난 인재에 대한 안타까움 때문일 것이다.

기술 유출을 피한 쇠뇌 기술자

신라 문무왕 9년(669) 겨울에 당나라 사신이 와서 조서를 전하고 쇠뇌(쇠로 된 발사 장치가 달린 활) 기술자이자 사찬 직위에 있던 구진천(仇珍川)을 데리고 갔다. 황제가 그에게 나무로 쇠뇌를 만들게 했는데 화살이 30보밖에 나가지 않았다. 황제가 물었다.

"듣자 하니 그대 나라에서는 쇠뇌를 만들어 쏘면 1천 보를 날아간다는데 지금은 겨우 30보만 날아가니 어찌 된 일이냐?"

구진천이 대답했다.

"재질이 좋지 않기 때문입니다. 만약 본국의 목재를 가져온다면 그렇게 만들 수 있습니다."

황제가 사신을 보내 나무를 구하므로 곧 대내마(大奈麻 : 신라의 17관등 중 열째 관등) 복한(福漢)을 보내 나무를 바쳤다. 이윽고 고쳐 만들도록 명했는데 쏘아 보니 60보를 날아갔다. 그 까닭을 물었더니 이렇게 대답했다.

"저 역시 그 까닭을 알 수 없으나 아마 나무가 바다를 건너오면서 습기가 찼던 것 같습니다."

천자는 구진천이 짐짓 능력을 발휘하지 않는 것이 아닐까 의심하여 중죄로 위협했으나 끝내 그 재능을 다 발휘하지 않았다.

국가가 보유한 기술이 유출되지 않게 노력한 장인의 일화이다. 이 이야기를 통해 당시 신라의 무기 제작술이 꽤 뛰어났음을 짐작할 수 있다. 요즘 중국 등 외국으로 IT기술이나 산업 정보를 파는 사람들에 대한 보도가 왕왕 나오는 것을 보며 구진천의 이름을 떠올려 본다.

새가 날아오는 소나무 그림

솔거(率居)는 신라 사람이다. 출신이 한미하여 그 집안의 내력은 전하지 않는다.

솔거는 태어나면서부터 그림을 잘 그렸다. 일찍이 황룡사(皇龍寺: 지금의 경상북도 경주에 있던 절) 벽에 늙은 소나무를 그렸는데 몸체는 비늘처럼 터져 있고 가지는 구불구불했다. 종종 까마귀·솔개·제비·참새 등이 그것을 보고 날아들어 발을 디디려다가 떨어지곤 하였다. 세월이 오래 지난 뒤 그림 색깔이 거무튀튀해져서 절의 승려들이 단청으로 덧칠을 했더니 까마귀 참새가 다시는 날아오지 않았다.

또 경주 분황사(芬皇寺)의 〈관음보살〉과 진주 단속사(斷俗寺)의 〈유마상〉(維摩像)이 모두 그가 그린 작품인데, 세상에서 신비로운 그림으로 전해진다.

그림을 보고 새나 짐승이 실물로 착각하여 부딪히는 이야기는 화가의 신묘한 필력(筆力)을 부각시키는 소재이다. 솔거는 신라 진흥왕 때의 화가이다. 그는 가난한 시골에서 태어나 어려서부터 그림을 잘 그렸으나 가르쳐 줄 스승이 없어서 하늘의 신에게 가르침을 빌곤 했는데, 꿈에 단군(檀君)이 신기한 붓을 주었다는 전설이 있다.

신묘한 필법

김생(金生, 711~791)은 부모가 한미하여 그 집안에 대해서는 알 수 없다. 신라 성덕왕(聖德王, 재위 702~737) 10년(711)에 태어나 어려서부터 글씨를 잘 썼고, 평생 다른 기예는 연마하지 않았다. 80세가 넘은 나이에도 쉬지 않고 붓을 잡아 예서(隷書)와 행서(行書)와 초서(草書) 모두 신묘한 경지에 들었다. 지금도 종종 그의 친필을 볼 수 있는데, 배우는 사람들이 그것을 보물로 여겨 전하고 있다.

송나라 휘종(徽宗) 때에 고려의 학사 홍관(洪灌)이 사신을 따라 송나라로 들어가 변경(汴京: 북송北宋의 수도 하남성河南省 개봉開封)에서 묵었다. 마침 송나라 한림대조(翰林待詔) 양구(楊球)와 이혁(李革)이 황제의 조서를 받들고 숙소에 왔다가 그림 족자에 글씨를 쓰고 있었다. 홍관은 김생이 쓴 행서와 초서 한 권을 보여 주었다. 두 사람은 깜짝 놀라며 말했다.

"오늘 왕희지[1]의 친필을 보게 되리라곤 생각지도 못했습니다."

홍관이 말하였다.

"그게 아니라 이것은 신라인 김생이 쓴 글씨입니다."

1_ 왕희지(王羲之, 303~361?): 동진(東晉) 시대의 명필. 여러 서체에 두루 정통하였으며, '왕희지체'라는 독특한 서체로 서예의 한 경지를 완성했다. 서예계의 성인이라는 뜻에서 '서성'(書聖)이라 일컬어진다.
2_ 구양순(歐陽詢, 557~641): 당나라의 서예가로, 해서(楷書)에 능했다.

그러자 두 사람은 웃으며 말했다.

"천하에 왕희지가 아니고서야 어찌 이 같은 신묘한 필법이 있겠습니까?"

그들은 홍관이 여러 번 말해도 끝내 믿지 않았다.

또 신라에는 요극일(姚克一)이라는 사람도 있었다. 벼슬이 시중 겸 시서학사(侍中兼侍書學士)까지 되었는데 필력이 강건해서 구양순[2]의 필법을 습득했다. 비록 김생만큼은 아니라도 그 또한 뛰어난 솜씨였다.

김생은 고려 시대 문인들 사이에서 해동 제일의 서예가로 평가받았다. 현재 국립중앙박물관에 있는 「태자사낭공대사백월서운탑비」(太子寺郎空大師白月栖雲塔碑, 954년)는 김생의 글씨를 집자한 것으로 알려져 있다.

향덕의 효

향덕(向德)은 웅천주(熊川州: 지금의 충청남도 공주) 판적향(板積鄉) 사람이다. 아버지는 이름이 선(善)이고 자(字)가 반길(潘吉)인데, 타고난 성품이 온화하고 선량하여 마을에서 그의 품행을 높이 받들었다. 어머니는 그 이름이 전하지 않는다. 향덕 역시 효성으로 당시에 칭찬을 받았다.

755년(경덕왕 14)에 흉년이 들어 백성들이 굶주린데다 전염병까지 덮쳤다. 향덕의 부모도 주리고 병들었으며, 어머니는 등창까지 나서 사경을 헤매게 되었다. 향덕은 밤낮으로 옷도 안 벗고 정성껏 보살폈으나 봉양할 음식이 없자 자신의 넓적다리 살을 베어 먹게 했으며, 어머니의 등창 또한 입으로 빨아내 다 평안하게 했다.

마을 관청에서 이 일을 주(州)에 보고했고, 주에서는 왕에게 보고했다. 왕은 향덕에게 곡식 300곡(斛: 1곡은 10두斗)과 집 한 채와 약간의 토지를 내렸다. 그리고 담당 관리에게 명해 그 일을 기록한 빗돌을 세워 표시하게 하였다. 지금까지도 사람들은 그곳을 '효자의 집'이라 부른다.

효행의 극단적인 사례이다. 당나라 때, 인육(人肉)이 병을 고친다는 말이 있자 자식들이 부모의 병을 낫게 하려고 자신의 살을 베어 올렸다고 한다. 당나라 유학자 한유(韓愈)는 이것이 잘못된 효행이긴 하지만 배운 것 없는 백성들이 부모를 위하고자 하는 마음만큼은 칭찬할 만하기에 전기(傳記)를 써서 전한다고 했다. 김부식은 편찬자 논평에서 한유와 같은 뜻으로 향덕의 전기를 실었다고 했다.

효녀 지은

지은(知恩)은 경주 한기부(韓歧部)에 사는 연권(連權)의 딸로 성품이 지극히 효성스러웠다.

어려서 아버지를 여의고 혼자 어머니를 봉양했는데, 서른두 살이 되도록 시집도 가지 않고 아침저녁으로 어머니를 보살피며 곁에서 떠나지 않았다. 그러나 봉양할 것이 없어 품을 팔거나 구걸해 얻은 음식을 어머니께 드시게 했다. 날이 갈수록 곤궁함이 더해져 고달픔을 견딜 수가 없었다. 지은은 부잣집을 찾아가 자기 몸을 팔아 종이 되겠다고 청하여 쌀 10여 섬을 받았다. 하루 종일 그 집에 가서 일하고 날이 저물면 밥을 지어 가지고 돌아와 어머니를 봉양하였다. 사나흘 이렇게 하니 어머니가 딸에게 말했다.

"전에는 밥이 거칠어도 맛있었는데, 요즘 밥은 쌀이 좋아도 맛이 예전 같지 않고 오히려 속을 칼날로 저미는 것 같으니 이게 무슨 일이냐?"

딸이 사실대로 말하니 어머니가 말했다.

"나 때문에 네가 종이 되다니, 내가 빨리 죽느니만 못하구나!"

어머니가 목 놓아 크게 울고 딸 또한 우니 길을 가던 사람들도 슬퍼하였다.

이때 근처를 지나선 화랑 효종랑(孝宗郎)이 그 광경을 보고 집으로 돌아와 부모에게 부탁해 집에 있는 곡식 100섬과 옷가지들을 실어다 주었다. 또 주인에게 값을 치르고 지은을 다시 양민이 되게 하였다. 이를 본 효종랑의 낭도 수천 명도 각각 곡식 1섬씩을 기증하였다.

정강왕(定康王, 재위 886~887)이 그 소식을 듣고 벼 500섬과 집 한 채를 하사하고, 부역을 면제해 주었으며, 곡식이 많아서 훔쳐가는 자들이 있을까 봐 관련 부서에 명하여 병사를 보내 돌아가며 지키게 하였다. 그리고 그 마을을 '효양방'(孝養坊)이라 하게 했다. 또 당나라 황실에 표문을 보내 지은의 아름다운 행실을 알렸다.

효종랑은 당시 제3 재상인 서발한(舒發翰)[1]_ 인경(仁慶)의 아들로, 어릴 적 이름은 화달(化達)이었다. 왕은 그에 대해 "나이는 어려도 노련하고 성숙해 보이는구나"라고 말했다. 그리하여 왕의 형인 헌강왕(憲康王, 재위 875~886)의 딸과 혼인하게 하였다.

1_ 서발한(舒發翰): 신라 17관등 중 첫째 관등. 앞에서 나온 서불한(舒弗邯)과 같은 직위인데 시기에 따라 명칭이 바뀐 것이다.

어머니를 봉양하기 위해 시집도 못 가고 마지막엔 양민의 신분을 버리고 종이 되어야 했던 효녀 지은에 대한 일화다. 신라 기층민들의 고단한 삶에 대한 보고서이기도 하다. 이 열전에는 지은의 효행과 화랑 효종랑의 일화가 결합되어 있다. 화랑 효종랑의 선행을 통해 당시의 노블레스 오블리주를 볼 수 있다.

사람의 도리

설씨(薛氏) 여인은 신라 율리(栗里)에 사는 백성의 딸이었다. 비록 집안은 가난하고 변변치 않았지만 용모 단정하고 마음과 행실이 의젓하였다. 사람들은 그녀의 아리따운 모습을 보고 선망하였지만 감히 범접하지 못했다. 진평왕(眞平王, 재위 579～632) 때, 연로한 그녀의 아버지가 정곡(正谷) 땅에서 북방 오랑캐의 침략을 방어하는 순번이 되었다. 딸은 쇠약하고 병든 아버지를 차마 멀리 보낼 수도 없고, 또 자신은 여자의 몸이라 대신 갈 수도 없어 부질없이 혼자 고민만 하고 있었다.

한편 사량부(沙梁部)의 소년 가실(嘉實)은 가난하고 초라했지만 마음이 진실한 남자였다. 그는 전부터 아름다운 설씨를 좋아했지만 감히 말하지 못했다. 그러다 설씨가 연로한 아버지의 종군 때문에 걱정한다는 말을 듣고 설씨에게 가서 청하였다.

"저는 나약한 남자이지만 의지와 기개를 자부해 왔습니다. 그래서 보잘것없는 몸이나마 그대 부친의 군역을 대신하고 싶습니다."

설씨가 대단히 기뻐하며 들어가 아버지에게 그 사실을 전하니, 그녀의 아버지는 가실을 불러 말했다.

"그대가 이 늙은이 대신 가겠다니 기쁘면서도 송구하기 그지없구려. 그래서 어떻게 보답할까 생각해 보았소. 만일 내 어린 딸아이를 어리석고 비루하다고 내치지 않는다면 그대의 아내로 드리고 싶소."

가실이 두 번 절하고 말했다.

"감히 바랄 수는 없지만 원하는 일입니다."

가실이 물러나와 혼인할 날을 정하려 하자 설씨가 말했다.

"혼인은 인륜의 중요한 일이므로 허둥지둥 치를 수 없어요. 제가 이미 마음으로 허락했으니 죽어도 변치 않을 겁니다. 당신이 변방 군역에 나갔다가 교대하고 돌아온 이후 날을 잡아 혼례를 올려도 늦지 않을 것입니다."

그러더니 설씨는 거울을 반으로 쪼개어 각자 한 조각씩 나누어 갖고 말했다.

"이것을 믿음의 증표로 삼아 훗날 맞춰 봐요."

한편 가실에게는 말 한 마리가 있어 설씨에게 이렇게 부탁하였다.

"이 말은 천하의 좋은 말이니 언젠가 반드시 쓸 데가 있을 겁니다. 지금 내가 가면 말을 길러 줄 사람이 없으니 여기 두고 부려 주시오."

드디어 가실은 작별하고 떠났다.

그런데 나라에 변고가 생기는 바람에 변방에 나간 군역들이 교대되지 못해 가실은 6년을 넘기고도 돌아오지 못했다. 아버지는 딸에게 말했다.

"처음에 3년을 기약했는데 지금 이미 그 기한이 훌쩍 넘었으니 너는 다른 곳으로 시집을 가야겠다."

그러자 딸이 대답했다.

"지난날 아버지 편안하시라고 어쩔 수 없이 가실과 혼약을 했습니다. 가실도 약속을 믿었기에 종군하여 여러 해 동안 춥고 배고프게 고생하고 있습니다. 더구나 그는 적지 가까이에 있어 손에서 무기를 놓지 못하고 있으니 마치 호랑이 아가리 가까이에서 언제 물릴까 두려워하고 있는 것과 같은 상황에 처해 있습니다. 그런데 제가 믿음을 저버리고 약속을 어긴다면 그것이 어찌 사람의 도리겠습니까? 끝내 저는 아버지의 명을 따르지 못하겠으니 다시는 그런 말씀 마세요."

그러나 그녀의 아버지는 자신이 점점 늙어 가는데 다 큰 딸에게 배필이 없으니 억지로라도 시집보내려 하였다. 아버지는 몰래 마을 사람과 혼인날을 정해 그 사람을 맞아들였다. 설씨는 완강하게 거부하고 은밀히 달아날 생각이었지만 이루지 못하자 마구간으로 가서 가실이 맡긴 말을 보며 한숨을 쉬고 눈물을 흘렸다.

이때 가실이 교대되어 돌아왔는데 앙상하게 야윈 몰골에 남
루한 옷을 걸치고 있어 집안사람들은 가실을 알아보지 못하고
다른 사람이라고 여겼다. 가실은 곧장 앞으로 나가 깨진 거울을
던지니 설씨가 이것을 받아 들고 흐느껴 울었다. 그녀의 아버지
와 집안사람들도 어쩔 줄 모르며 모두 기뻐하였다. 마침내 새로
날을 잡아 혼례를 올렸고, 두 사람은 해로하였다.

설씨녀 이야기는 서로 사랑한 남녀가 절의를 지킨 이야기가 아니다. 신의(信義)를 지키
는 인간의 도리에 대해 이야기하고 있다.

도미 부부

　도미는 백제 사람으로 평범한 백성이었지만 의리 있기로 알려져 있었다. 그의 아내도 아름다울 뿐 아니라 절개가 있어 당시 사람들의 칭송을 받았다.

　이런 사실을 들은 개루왕[1]은 도미를 불러 함께 이야기하다가 이렇게 말했다.

　"부인의 덕이란 절개가 제일이지만, 만약 아무도 없는 으슥하고 어두운 곳에서 달콤한 말로 유혹하면 마음이 흔들리지 않을 사람은 드물 겁니다."

　도미가 대답했다.

　"사람의 마음은 알 수 없는 것이지만, 제 아내라면 죽어도 변치 않을 사람입니다."

　왕은 도미의 아내를 시험해 보려고 도미에게 일을 맡겨 머물게 하고는, 가까운 신하 한 사람에게 왕의 옷을 입히고 말과 시종을 내주었다. 밤이 되어 도미의 집에 도착했는데, 먼저 사람을 시켜 왕이 온다고 알리게 했다. 그리고 나서 온 가짜 왕은 도미의 아내를 보고 말했다.

　"오래전부터 네가 예쁘다는 소문을 듣다가 이번에 도미와

내기를 해서 내가 너를 얻게 되었다. 내일 궁으로 들어가 너를 궁녀로 삼을 것이다. 이제부터 네 몸은 내 것이야."

그러고는 간음하려 하자 도미의 아내가 말했다.

"국왕께서 망언하실 리 없는데 제가 감히 순종하지 않겠습니까? 대왕께서 먼저 방으로 드시면 제가 옷을 갈아입고 오겠습니다."

물러나온 도미의 아내는 한 여종에게 이리저리 치장을 시켜 왕을 모시게 했다.

왕은 나중에야 속은 것을 알고 크게 노했다. 그러더니 도미에게 죄를 뒤집어씌워 두 눈을 뽑고 끌어내 작은 배에 실어 강에 띄워 버렸다. 마침내 왕은 도미의 아내를 끌고 가 강제로 욕보이려 했다. 그러자 그녀가 왕에게 말했다.

"저는 지금 남편을 잃고 오직 이 한 몸뿐이라 혼자 버틸 수 없게 되었습니다. 게다가 왕께서 사랑해 주시니 어찌 감히 피하겠습니까? 그러나 지금은 월경 때문에 몸이 더러우니 다른 날 깨끗이 씻은 후 오겠습니다."

왕은 그 말을 믿고 허락했으나 도미의 아내는 그 길로 도망쳤다. 그녀는 강어귀에 이르렀지만 건널 수가 없자 하늘을 부르며 통곡했다. 그때 문득 배 한 척이 물결을 따라 다가오는 것이 보여 그 배를 타고 천성도(泉城島: 한강 하구 서해안의 어느 섬으로 추정)에 도착했다. 그곳에서 우연히 남편을 만났는데 그는 풀뿌리를 캐 먹으며 죽지 않고 살아 있었다. 마침내 함께 배를 타고 고구려의 산산(蒜山 : 지금의 황해북도 봉산군 사인면) 기슭에 이르렀다. 고구려 사람들이 불쌍하다며 그들에게 옷과 음식을 주었다. 그들은 어렵게 살며 나그네로 떠돌다 일생을 마쳤다.

부부간의 신의와 정절을 지키기 위해 고난을 자처하고, 또 흔들리지 않는 의지와 믿음으로 그 고난을 헤쳐 나간 한 여인의 파란만장한 이야기이다. 이 이야기는 또 부녀자를 추행하는 권력자의 인권 유린을 고발하는 보고서라고도 할 수 있다.

해설

천 년의 역사, 『삼국사기』

1

『삼국사기』(三國史記)는 삼국시대를 중심으로 한 우리 민족의 고대를 증언하는 한국학의 영원한 고전이다. 고려 인종(仁宗, 재위 1122~1146) 23년(1145)에 완성된 『삼국사기』는 삼국시대라고 불리는 천 년의 역사를 담았고, 그 이후 천 년 동안 전하고 읽히고 있다.

『삼국사기』는 고려 17대 왕인 인종이 김부식(金富軾, 1075~1151)에게 신라·고구려·백제의 역사를 찬집해 바치도록 명하여 만들어진 관찬 역사서이다. 『삼국사기』의 편찬에는 김부식이 편찬 책임자로서 중심적인 역할을 하고, 열 명의 편수관이 함께 참여했다. 편찬 책임자로서 김부식은 어떤 사료(史料)를 취하고 버릴 것인지, 어떠한 구성과 순서를 갖출 것인지를 결정하는 중심적인 역할을 했다. 그리고 그는 인물의 평가나 논찬(論贊)과 같은 부분을 직접 집필했다.

『삼국사기』의 편찬 동기와 목적은 김부식이 『삼국사기』를 완성한 뒤 인종에게 바칠 때 붙인 글인 「진삼국사기표」(進三國史

記表)에 잘 나타나 있다. 그 표문에는 인종이 김부식에게 『삼국
사기』를 편찬해야 할 이유를 이렇게 말했다고 전한다.

지금의 학사와 대부들은 오경(五經)과 제자(諸子)의 글이며
진(秦)·한(漢) 시대 이래의 중국 역사에 대해서는 널리 잘 알
고 자세히 말하곤 한다. 그러나 우리나라의 일에 대해서는 도
리어 망연하여 그 시말(始末)을 알지 못하니 참으로 한심한
일이다.

지식 있는 관료들조차 민족의 역사에 대해 무지하다는 현실
을 자각하며 우리의 역사를 편찬하게 한 것이다. 그리고 인종은
새로운 삼국시대 역사 편찬의 목적에 대해서도 언급했다.

삼국의 옛 기록은 글이 거칠고 졸렬하며 빠진 사적이 많은 까
닭에 임금들의 선악(善惡), 신하들의 충사(忠邪), 나라의 안위
(安危), 인민의 치란(治亂)에 관한 것을 모두 드러내 후세에
권계가 되게 할 수가 없다.

인종의 말은 모두 김부식의 생각이기도 했을 것이다. 당시
'삼국의 옛 기록'이라고 한 것은 삼국시대 당시 만들어진 역사

기록일 수도 있다. 또 현재는 전하지 않으나 고려 광종(光宗, 재위 949~975)조에 삼국의 역사를 정리해 편찬한 바가 있었다고 하는데, 현재 학계에서 일명 『구삼국사』(舊三國史)라 불리는 역사서일 수도 있다. 이런 여러 자료들이 모두 『삼국사기』 편찬에 중요한 저본(底本)이 되었을 것으로 보고 있다. 그러나 그러한 자료들은 일관된 역사서의 체제로 묶이지 않은 날것의 자료 모음이었던 것 같다. 그래서 그 자료들을 바탕으로 국내외의 다른 여러 자료들을 참고해 연대기적으로 빠진 부분 없이 일정한 체제를 갖추어 기사를 정리하고자 했다.

또 옛 기록들은 고대 국가가 가지고 있는 의식이 그대로 드러난 것이었을 것이다. 그래서 중세 유학적 합리주의에 입각해 기사를 엮어서 역사를 통해 교훈을 얻을 수 있도록 해야 한다는 역사 편찬의 목적을 분명히 했다. 고려는 송나라의 유학을 수용하여 왕은 백성들에게 덕정(德政)을 펼치고, 충효(忠孝)와 인의예지신(仁義禮智信)을 실천하는 사회를 구현하고자 했다. 『삼국사기』의 편찬 목적은 바로 그러한 의식과 실천의 교과서가 될 역사서를 펴내는 것이었다.

이렇게 해서 당시 국내에 전하던 기존의 삼국의 역사에 대한 옛 사료들을 바탕으로 하고, 또 중국의 여러 역사서에 실린 삼국 관련 기사들도 모았다. 참고한 국내의 옛 자료들을 보면 앞에서 말한 일명 『구삼국사』를 비롯하여 『해동고기』(海東古記), 『신라고기』(新羅古記), 『신라고사』(新羅古事) 등이 주요한 텍스트가 되었다. 그리고 김대문의 『고승전』(高僧傳), 『화랑세기』(花郎世紀), 『계림잡전』(鷄林雜傳), 『악본』(樂本), 『한산기』(漢山記) 등이 있으며, 최치원의 『문집』(文集)과 『제왕연대력』(帝王年代曆)이 참고가 되었다. 그런데 아쉽게도 이렇게 참고가 되고 인용된 자료들은 현재 전하지 않고 있다. 그나마 『삼국사기』를 통해 이런 저작들이 있었다는 것을 확인할 수 있어서 다행스러울 뿐이다.

중국의 자료는 『삼국지』(三國志), 『후한서』(後漢書), 『진서』(晉書), 『위서』(魏書), 『송서』(宋書), 『양서』(梁書), 『남북사』(南北史), 『수서』(隨書), 『신구당서』(新舊唐書), 영호징(令狐澄)의 『신라국기』(新羅國記) 등이다.

『삼국사기』는 이러한 자료들을 취사선택하여, 기존의 번거로운 문체 대신 간결하고 논리적인 고문체로 일관되게 기술하였다. 『삼국사기』는 삼국시대의 역사서이자 고려 중기 사회가 도달한 지적 역량이 반영된 역사서이다.

2

『삼국사기』는 총 50권으로, 본기(本紀)·연표(年表)·지(志)·열전(列傳)으로 구성된 기전체(紀傳體) 역사서이다.

본기는 각 나라별로 나누었다. 「신라본기」는 통일신라를 포함해 12권, 「고구려본기」는 10권, 「백제본기」는 6권이다. 본기는 각 왕의 즉위와 치적을 중심으로 중요한 역사적 사건과 사실을 기록하고 있다. 『삼국사기』가 신라의 역사에 편중되어 있다는 평가도 있지만, 편찬 당시 고구려와 백제의 사료가 극히 제한적이었던 것을 생각하면 삼국의 비중을 맞추기 위해 노력한 점을 감안해야 할 것이다.

연표는 모두 3권으로, 왕의 즉위, 왕의 성과 휘, 왕의 죽음, 연호 사용, 멸망 과정, 왕의 수명 등을 표로 기록했다.

지(志)는 잡지인데 모두 9권으로, 삼국의 제사와 음악, 의상, 운송 수단, 가옥, 지리, 관직 등에 대해 기록했다. 삼국시대 사람들이 계층별로 어떤 옷을 입었는지, 집은 어떻게 꾸미고 살았는지 알 수 있는 자료이다. 특히 지리와 관직에 대한 비중이 많은데 삼국시대 역사에 등장하는 지명과 관직명을 고증하는 데에도 중요한 자료이다.

열전은 모두 10권으로, 80여 명의 인물이 실려 있다. 열전에는 유교적 충절의 교훈을 주는 인물들의 일화가 많다. 중국의 사마천(司馬遷)이 편찬한 『사기』(史記)가 「열전」을 마련해 역사의 다양한 인물들을 생동감 있게 서술했던 모범을 수용한 것이다. 『삼국사기』는 「열전」에서 삼국시대를 살았던 다양한 인물들과 시대의 모습을 두루 담았다. 『삼국사기』 중에서 가장 흥미롭게 읽히는 부분이기도 하다.

본기와 열전에는 종종 해당 사건이나 인물에 대해 붙인 논찬이 나온다. 이 논찬은 김부식이 직접 쓴 것이다. 그런데 오늘날의 입장에서 본다면 부정적인 평가를 받을 만한 내용도 많다. 김부식이 붙인 논찬 중에는 사대적인 사고도 드러나는데, 그것 때문에 『삼국사기』 자체가 사대적 성격의 역사서라는 비판을 받기도 한다. 그러나 논찬 외의 부분에서 『삼국사기』는 관찬 역사서의 형식을 두루 갖추고 객관적인 역사 서술 방식을 위해 노력한 사실만큼은 인정해야 한다. 그런 이후에 김부식의 논찬에 대한 비판이 따라야 할 것이다.

한편 김부식의 논찬은 김부식과 그 시대가 지향한 당대의 유교적 정치 이념이 반영된 것이라는 사실도 고려해야 할 것이다. 오히려 오늘날의 인식과 괴리를 일으키는 이러한 당대 인식의 편린들을 보며 오늘을 반성하는 자료로 삼아도 좋겠다. 현재에 충실하다고 자부하는 인식들이 얼마나 시대적 한계에 얽매여 있을지 반성하며 경계로 삼을 수 있을 것이다.

『삼국사기』가 우리의 고대사를 밝혀 주는 중요한 역사서인 만큼 시대와 입장에 따라 부정적인 평가나 비판도 많이 받았고, 『삼국사기』의 부족한 부분이나 문제점을 극복하기 위해 다른 대안적 저서가 나오기도 했다. 역사란 당 시대가 지향하는 방향으로 늘 새롭게 연구되고 재구성되어 읽혀 나가는 것이기 때문이다.

『삼국사기』가 지어진 지 130여 년 뒤 일연(一然)은 『삼국사기』가 관찬 역사서라는 한계 때문에 채우지 못했던 다양한 민족 문화의 역사를 새롭게 기획해 『삼국유사』(三國遺事)를 펴냈다. 일연은 『삼국사기』를 정사(正史)로 인정하고 정사가 다루지 않은 부분을 보완하기 위해 나머지 역사를 기록했다는 뜻으로 '유사'(遺事)라는 이름을 붙였다.

일제강점기에는 근대 민족주의 역사학자인 신채호(申采浩, 1880~1936)가 『삼국사기』를 호되게 비판했다. 민족주의 역사가들은 김부식의 사대주의와 신라 중심 사관을 비난했다. 신채호는 시대를 극복하기 위한 의지로 역사를 끌어내 중엄하게 시비를 가린 것이다. 그 통절한 시대 의식은 공감을 얻는다.

그런데 『삼국사기』를 객관적으로 평가하자면 그러한 문제점들은 편찬 당시 사료의 부족과 그에 따른 중국의 사료 인용으로 많은 문제가 생겼던 것이다. 물론 김부식의 논찬에 사대주의적인 언급은 있지만 『삼국사기』의 본 기사에서는 중국의 사료를 인용한 경우에서 드러나는 문제이다. 또 신라 중심이라는 것도 고구려와 백제의 자료는 통일 전쟁 과정에서 거의 멸실되어 버렸고, 그나마 신라와 통일신라기의 자료가 많이 남아 있었기에 어쩔 수 없었던 조건이었다.

그 외에도 아쉬운 점은 물론 많다. 특히 삼한(三韓)과 가야와 발해의 역사가 소거된 점이다. 그러나 그것도 민족의 역사를 의도적으로 축소시키려고 한 것은 분명 아니다. 삼한·가야·발해의 역사 자료는 거의 얻을 수 없기 때문이었다.

3

이 책에서는 『삼국사기』 중에서 의미 있으면서도 재미있게 읽을 수 있는 이야기들을 뽑아 일곱 장으로 나누어 재구성해 보았다.

첫째 장인 '신성한 세 나라 이야기'는 삼국의 시조와 건국 이야기이다.

『삼국사기』는 삼국의 「본기」마다 삼국을 창건한 시조들의 신화로부터 시작된다. 지금의 역사학에서는 신화·전설·설화가 역사화되지 않아 알 수 없던 고대사의 사실을 밝힐 수 있는 많은 키워드를 간직하고 있어서 매우 중요한 자료로 여긴다. 그런데 중세 시대는 고대를 극복하고 새로운 중세적 세계관을 만들기 위해 고대의 세계관을 부정했다. 고려 중기에 편찬된 『삼국사기』 는 그러한 중세적 세계관을 바탕으로 하는 역사서였다. 그래서 『삼국사기』에서는 고대인의 세계관이 그대로 담겨 있어 혼란스 럽게 전개되는 신화와 전설 이야기들을 중세의 합리적 언어와 문체로 정리했다. 후대 역사학자들은 이런 점을 아쉬워한다. 그 러나 그나마 삼국의 시조 신화와 건국 신화가 후대에 전해진 것 은 오로지 『삼국사기』 덕분이다.

고구려의 시조 주몽에 대한 신화는 천신(天神)과 수신(水神)이 결합해 세상의 시조를 낳았다는 오래된 부여 계통 시조 신화의 틀을 확장시킨 이야기이다. 그래서 천신의 아들 해모수와 수신의 딸 유화가 결합해 주몽을 낳았다고 했다. 여기에 영웅적 고난과 투쟁을 거쳐 고구려를 건국하고 동명성왕이 된다는 건국 영웅의 일대기가 결합되어 있다.

고구려의 건국 신화는 백제의 건국 신화로도 연결된다. 백제의 시조는 비류와 온조로, 그들은 고구려의 동명성왕이 죽고 유리가 왕위를 계승하자 고구려를 떠나 남하했다. 그리고 각기 성읍국가를 세웠는데 나중에 온조가 비류의 세력을 흡수하여 연맹 왕국으로서의 백제를 일으켰다.

신라는 고구려·백제와는 다른 시조 신화와 개국 전설을 가지고 있다. 시조 박혁거세는 알에서 태어난 인물로, 여러 촌락의 세력들이 모여 그를 왕으로 받들고 나라를 열기로 합의해 신라가 개국하게 되었다는 것이다. 그리고 신라 건국 초창기는 그 외에도 여러 집단이 유입해 들어와서 여러 세력이 연합해 나라를 형성했다. 나중에 유입된 집단은 세력을 키워 신라의 왕위를 차지하기도 했다. 그래서 박씨계의 유리 이사금을 이어 석씨계의 탈해 이사금이 왕위를 이었고 이후 박씨계와 석씨계가 한동안 서로 왕위를 이었다. 그 이후에 김알지를 시조로 하는 김씨계 집단이 세력을 키워 나가 그 6대손인 미추왕 대부터는 김씨가 왕위를 계승하였다. 이렇게 신라에는 박혁거세의 개국 신화 외에도 국가 형성 과정에 유입된 석탈해와 김알지에 관한 기원 신화가 함께 전하고 있다.

삼국시대는 왕을 중심으로 하는 고대 왕국이었다. 둘째 장인 '저절로 밥이 되는 솥'에서는 왕들을 중심으로 펼쳐지는 고대 왕국의 성장과 발전의 역사들을 골라 담아 보았다.

고구려의 제3대 왕인 대무신왕의 일화는 초기 고구려의 신화적인 분위기에 장쾌한 영웅서사가 전개되어 고구려의 기상을 흠씬 느낄 수 있다. 고구려의 고국천왕 대에는 빈민구제법이라고 할 수 있는 진대법(賑貸法)을 시행해 강력한 왕권 정치 체제를 갖추어 가는 모습을 볼 수 있다.

　그런가 하면 미천한 시절을 거쳐 왕이 된 경우도 있었다. 소금 장수 을불이 미천왕이 되기까지의 일화가 그런 예이다. 이러한 이야기는 백성들의 삶을 이해하는 왕에 대한 기대를 담아 민담으로 전해지다가 정식 역사 속에 수용된 것이다.

　백제의 최전성기는 근초고왕 때일 것이다. 근구수왕은 근초고왕의 태자로, 부왕과 함께 전장을 누볐다. 그는 고구려의 침공에 맞서 고구려 군을 크게 이기고 황해도까지 추격전을 벌이다 돌아오며 「태자의 말발굽 자국」과 같은 일화를 남기기도 했다. 그 후 근초고왕은 태자와 함께 고구려의 평양성을 공격했는데, 이때 고구려의 고국원왕이 화살에 맞아 죽었다. 백제는 강원도와 황해도 일부까지 강역을 확장하는 최전성기를 누렸다.

　지증왕 때는 신라가 고대 국가의 체제를 새롭게 정비한 시기였다. 여러 제도가 정비되었는데, 이때 '사라'나 '사로'로 불리던 나라 이름이 '신라'로 정해졌다. '덕업이 날로 새로워지고 사방을 망라한다'〔德業日新, 網羅四方〕는 의미에서 만들어진 한자식 이름이었다. 지증왕 때 대대적으로 중국의 제도를 신라에 적용하면서 나라 이름을 한자식으로 바꾼 것이다. 그리고 이전까지는 거서간, 차차웅, 이사금, 마립간 등과 같은 신라 고유어로 임금의 칭호를 사용했는데, 이때부터 '왕'이라는 칭호로 바뀌었다.

그런데 『삼국사기』에는 우리 민족이 큰 자부심으로 여기는 고구려와 백제의 유명한 왕들의 업적이 자세히 나와 있지 않은 것이 아쉽다. 삼국이 신라의 주도로 통합되는 과정에서 고구려와 백제의 역사 자료가 대부분 멸실된 탓이다.

예를 들어 이 장에 싣고 싶었던 고구려의 광개토대왕과 장수왕의 기록은 부실하기 짝이 없다. 고구려 광개토대왕에 대해 알려면 따로 장수왕이 세운 광개토대왕비의 비문을 찾아보는 것이 더 낫다. 장수왕 대의 기사도 마찬가지이다. 남하 정책을 쓴 장수왕 대에는 비교적 동북아시아가 평화로운 시기였는데, 장수왕은 조공 외교를 통해 그 평화로운 시기를 조율하고 있었다. 그런데 고구려의 기록이 거의 남아 있지 않아 중국의 기록을 찾아 기사를 메웠다. 그러다 보니 중국에 조공을 보낸 기록이 대부분을 차지한다. 고대의 조공은 단순히 복속된 국가의 행위가 아닌 고대 외교 관계의 한 형태였다. 이러한 사실을 모르고 『삼국사기』가 전하는 문자에 매달릴 때 문제가 발생한다.

『삼국사기』는 삼국시대의 역사에서 고려 중기 사회가 지향하는 유가적 통치의 전범(典範)을 찾고자 했다. 유가적 통치를 실현하기 위해서는 임금과 신하의 관계를 설정하는 역사적 전범이 필요했다. 내용은 복잡하지 않다. 군주는 능력 있고 어진 인재를 기용해야 하며, 신하는 군주를 위해 충언과 충성을 아끼지 말아야 한다는 것이다. 그래서 셋째 장인 '죽어서도 임금을 깨우치리라'에서는 현명한 왕의 어진 인재 등용, 충언을 올리는 신하와 강직한 관료들, 그리고 충언에 귀를 닫거나 간신에게 조종되어 나라를 망친 왕들의 일화를 모았다.

고구려의 고국천왕은 왕권을 위협하는 구세력을 견제하기 위해 신진 세력을 전면에 배치해 중앙집권적 왕권 강화를 꾀하기 위해 새로운 인재를 구하며 이렇게 말했다.

요즘 총애하는 사람에게만 관직을 내리고, 덕 있는 사람이 벼슬자리에 나아가지 못하고 있다. 그 해독은 백성들에게 미치고 우리 왕실을 동요시켰으니, 이것은 과인이 어리석은 탓이다. 이제 너희 4부는 각각 낮은 지위에 있으면서 현명하고 훌륭한 사람을 천거하라.

―「농사짓다 재상이 된 을파소」 중에서

그리고 고국천왕은 인재를 찾고 찾아 시골에서 농사를 짓고 있던 을파소를 재상으로 기용했다. 왕권을 위협하던 기존 정치 세력의 판도를 뒤집어엎고, 백성들의 뜨거운 지지를 받는 데 이보다 더 좋은 결정은 없었다. 을파소 이야기는 중세 관료 사회로 진입하고 싶어 하는 인재들의 로망이 되었다.

　신라 헌덕왕 때 녹진이란 인물이 인사 문제로 골머리를 앓다 병이 든 재상을 찾아가 한 말을 들어 보자.

　관직에 있으면 청렴해야 하고, 일할 때는 조심스럽고 공손하게 해야 합니다. 뇌물이 들어오는 것을 막고, 청탁하는 폐단을 멀리해야 합니다. 오직 사람의 능력에 따라 승진시키거나 강등시켜야 하고, 사사로운 감정에 따라 관직을 주거나 삭탈하지 않아야 합니다. 그래서 마치 저울처럼 무게를 속일 수 없도록 하고, 먹줄처럼 굽고 곧은 것을 속일 수 없게 해야 합니다. 이렇게 된다면 형벌과 정치가 신뢰를 받을 것이고, 나라가 화평해질 것입니다.

—「인재를 등용하는 법」 중에서

　이 말은 바로 『삼국사기』 편찬자들이 하고 싶었던 말이 아니었을까? 아마도 녹진에 관한 간단한 기사를 바탕으로 편찬자들이 하고 싶었던 말이 길게 덧붙여진 것이었을 것이다. 고려 중기 사회의 각성을 바라는 역사가들에 의해 기술된 후기 신라 녹진의 간언은 오늘의 우리 사회가 그대로 들어도 좋을 간언이다.

　삼국시대는 전쟁의 시대이기도 했다. 넷째 장인 '장수들의 시대'에서는 삼국이 벌인 전쟁에서 활약한 대표적 장수들의 일화를 모아 보았다.

　을지문덕 장군이 수나라 군사를 압록강에서부터 평양의 살수까지 끌어들였다가 퇴각할 때 맹공을 벌여 대승을 거둔 '살수대첩'은 고구려 전쟁사에서 빛날 뿐 아니라 우리 민족사에서도 자랑스러운 승리의 한 장면이다. 이때 을지문덕이 살수까지 끌어들인 적장에게 보낸 한시는 적군을 쥐락펴락하는 전술과 쌍을 이루며 적을 높이는 듯 희롱하는 듯하는 내용으로 문무를 겸비한 고구려 장군의 면모를 잘 보여 준다.

　　신묘한 계책은 하늘의 이치를 꿰뚫었고
　　기묘한 계략은 땅의 이치를 다하였도다.
　　전투에 이긴 공 이미 드높으니
　　만족하고 그만두기를 바라노라.

—「을지문덕과 살수대첩」 중에서

　이 한시는 우리나라에 남아 있는 가장 오래된 한시로, 전쟁의 나라 고구려가 가진 또 다른 내공을 볼 수 있다.

　고구려 장수들의 이야기에서 고구려의 장군이 되었던 바보 온달의 일화도 빠뜨릴 수 없다. 온달 이야기는 당찬 고구려 여인 평강과 전장의 영웅이 된 온달이라는 두 인물이 주인공이라고 할 수 있다. 공주의 신분을 버리고 왕궁을 박차고 나온 평강이 바보 온달을 장군으로 성장시키는 내용은 어쩌면 '평강전'이라고 불러야 할 정도다. 오늘날 평강과 온달을 인간 사회나 남녀 관계의 한 원형으로 보며 다양하게 재해석하곤 한다.

그리고 이 '온달' 편은 뛰어난 구성과 문장으로도 평가받는다. 창강(滄江) 김택영(金澤榮, 1830~1927)이 교정을 본 『교정삼국사기』(校正三國史記)에 중국 학자 이계담(李繼聃)이 서문을 붙였는데, 이계담은 서문에서 「온달전」이 『전국책』(戰國策)이나 『사기』(史記)에 끼워 넣어도 구별이 안 될 정도로 뛰어난 문장의 예라고 평가했다.

신라의 대표적인 장수 하면 삼국 통일을 이룬 전쟁 영웅 김유신이 첫손에 꼽힐 것이다. 김유신은 삼국 통일을 이루어 낸 전쟁 영웅이자 통일신라를 연 개국공신으로 그에 관한 전설 같은 일화들과 눈부신 활약의 기사가 많이 남아 있다. 『삼국사기』 「열전」에는 김유신의 전기가 무려 3권에 걸쳐 실려 있다.

이에 비해 백제의 역사 자료는 너무 빈약해서 『삼국사기』에 실려 있는 백제 장수들의 일화도 풍부하지 않다. 그중 흑치상지는 백제가 멸망한 이후에도 백제의 부흥을 위해 싸웠던 장수였다. 3년간 백제 부흥을 위해 힘썼지만 성공하지 못하자 당나라로 들어가 당나라 장수로 활약하기도 했다. 이를 통해 백제 장수의 역량을 짐작해 볼 따름이다.

다섯째 장 '꽃잎처럼 스러져 간'에서는 종교를 위해 순교하고 나라와 군주를 위해 목숨을 초개와 같이 던졌던 인물들의 처연한 일화를 모았다.

신라의 박제상은 목숨을 바쳐 왕의 명령을 받든, 우리나라 충신 계보의 제일 첫 자리에 있는 인물이다. 박제상은 고구려와 왜에 인질로 붙잡혀 있는 왕의 아우들을 구하기 위해 초연히 목숨을 내걸었다. 유교적 충신 이데올로기의 전범을 보여 주는 일화라고 할 수 있다.

삼국시대는 유불선(儒佛仙)이 통합된 그 시대만의 고유한 시대적 이데올로기가 있었다. 불교와 유교를 수용하고 전통적 신앙을 적절히 결합하여 고대 국가의 정체를 확고히 하고 왕권 강화를 위해 활용했다. 이런 시대적 이데올로기를 만들기 위해 종교적 순교가 일어나기도 했다. 그리고 이렇게 만들어진 이데올로기로 신라의 화랑들을 비롯한 각국의 젊은이들이 나라와 왕을 위해 목숨을 초개와 같이 던졌다.

신라 불교는 이차돈의 순교 이후 국가적 공인을 받는다. 그리고 한국사에서는 삼국이 고대 국가로 성립하는 시점을 이때부터라고 본다. 삼국 모두 왕실을 중심으로 불교를 받아들였는데 불교가 왕권 중심의 지배 체제를 유지하는 정신적 지주 역할을 하는 데 적합하기 때문이었다. 삼국시대에 불교는 고구려를 거쳐 백제와 신라로 각기 전파되고 수용되었다. 고구려와 백제는 당시 국가 체제의 완성을 위해 불교의 관념 체계를 쉽게 수용했는데, 신라에서는 기득권을 가진 귀족들이 불교가 왕의 직접 지배 체제를 만들어 가는 데 기여할 것으로 보고 받아들이길 거부했다. 그런 과정에서 이차돈의 순교가 일어나 신라에서도 불교가 정식으로 공인 받게 되었던 것이다.

유능한 젊은 인재들을 모아 훈련시킨 신라의 화랑 제도는 신라의 체제를 유지하는 데 큰 역할을 담당했고 신라 주도의 삼국 통일에도 크게 기여했다. 한편 화랑의 스승이었던 원광 법사는 화랑의 계율인 '세속오계'(世俗五戒)를 제창했다.

화랑의 계율을 승려가 정해 주었다는 것은 불교가 화랑도의 중요 이념이었음을 보여 준다. 그런 한편 계율은 충효(忠孝)를 말하는 유교적 내용이다. 그리고 싸움에 임해서 물러서지 말고, 살아 있는 것을 죽이는 데 가려서 하라는 계율은 불가의 계율과는 다른 것이었다. 신라의 불교는 왕권을 중심으로 하는 고대 국가 체제를 위해 수용된 것이어서 국가의 현실적 요구에 따라 불법도 변형한 것이다.

신라는 삼국 간의 끊이지 않는 전쟁에서 목숨을 걸고 신라를 지킬 젊은이들이 필요했다. 화랑 제도와 세속오계는 그러한 젊은이들을 배출하는 토대가 되었다. 이렇게 제도적인 지원을 받으며 사상 무장이 된 화랑들의 활약은 거칠 것이 없었다. 귀산, 죽죽, 김흠운, 관창 등 수많은 화랑들이 임전무퇴를 실천하며 꽃잎처럼 스러져 갔다. 숱한 개인의 희생을 아름답게 그려 보기에는 참으로 처연하기만 하다. 그러나 고대 국가가 성장하고 유지되기 위해 반드시 요구되는 희생이었다.

달이 차오르면 기울게 마련이듯 세상 모든 것은 영원한 것 없이 영고성쇠(榮枯盛衰)를 거듭한다. 나라도 시대도 일어났다 기우는 성쇠를 피할 수 없다. 여섯째 장 '차고 기우는 달'에서는 삼국이 신라에 의해 통합되는 과정에서 고구려와 백제가 어떻게 스러져 갔는지, 그리고 이후 통일신라 시대라고 불린 후기 신라가 어떻게 분열되어 몰락해 갔는지를 볼 수 있는 장면들을 모았다.

고구려 역사의 끝에는 연개소문이 있었다. 『삼국사기』에서는 연개소문이 반역자 열전에 속해 있다. 그러나 근대 민족주의자 신채호는 연개소문을 우리나라 4천 년 이래 첫손가락에 꼽을 영웅이라고 했다. 이것은 『삼국사기』가 찬집될 당시 고구려의 자료 자체가 거의 없었다는 것이 문제였다. 부득이 중국 측 기록을 찾아와야 했는데, 중국의 기록에 실린 적대국으로서의 고구려에 대한 기술이란 대개 그들에게 유리하게 왜곡되어 있는 경우가 많다. 연개소문 열전도 연개소문에 대한 악의적인 기술로 채워진 당나라 역사서에서 인용한 것이었다. 그러한 사정을 이해하고 연개소문 열전을 읽으면 신라가 당나라를 끌어들여 고구려를 멸망시키는 과정에서 굽히지 않고 대적했던 민족 영웅의 모습을 볼 수 있다.

백제 역사의 마지막에는 의자왕이 있다. 의자왕은 백제를 멸망으로 이끈 음란무도한 망국의 왕으로 알려져 있다. 하지만 백제 멸망의 역사 또한 신라가 기록한 것이라는 점을 고려해야 한다. 신라 입장에서는 의자왕이 음란무도하고 실정(失政)을 펼쳐 백제가 멸망할 수밖에 없었다는 논리가 필요했을 것이다.

그렇지만 대개 나라가 멸망하기 직전에는 나라 안이 부패와 타락에 빠지고 권력 다툼이 일어난다. 지배층의 부패와 타락은 결국 백성들의 삶을 힘들게 하고, 밑으로부터 항거가 일어나 나라는 기울어져 간다. 후기 신라 역시 그러한 모습을 보였다. 포석정의 잔치는 신라가 멸망하는 한 장면으로 기억되고 있다.

후기 신라의 막바지에는 부패한 귀족과 사찰들이 토지를 수탈하며 대토지를 소유하게 되자 전국적으로 농민 봉기가 일어났다. 농민 반란이 확대되자 그들을 규합해 지방을 장악하며 세력을 키워 부상한 실력자들이 나타났다. 견훤과 궁예 그리고 왕건이 그들이다. 견훤은 충청도와 전라도 지방을 중심으로 '후백제'

를, 궁예는 강원도와 경기도 일대의 중부 지방을 점령하면서 '후고구려'를 표방했다. 짧지만 이른바 후삼국시대가 열린 것이다.

견훤은 영도력을 갖춘 난세의 영웅으로 활약했지만 후계 문제로 아들에게 정권을 찬탈당하고 왕건에게 의탁했다가 초라하게 죽었다. 한편, 버림받은 신라의 왕족 출신이었던 궁예는 자신을 석가모니 시대 이후 도래한다는 미륵의 화신이라고 선언하기도 했다. 귀족 불교가 아닌 민중 불교인 미륵 신앙을 내세워 신라의 골품제 사회를 와해시키고 새로운 중세를 열고자 한 것이었다. 그러나 광기어린 행적들을 남기다 왕건에 쫓겨 죽고 만다. 태조 왕건은 사실상 견훤과 궁예가 마련한 터전 위에 고려를 건국한 것이었다.

『삼국사기』「본기」에는 주로 왕과 고위 신료와 장수 등 사회 지배층이 주축이 되어 펼치는 정치·외교의 역사가 기록되어 있다. 그러나 천 년에 걸친 역사에서 왕후장상은 아니더라도 큰 족적을 남긴 인재가 얼마나 많았겠으며, 또 얼마나 다양한 문화와 풍속들이 유전되었을까. 그리고 민초들의 삶은 어떠했을까. 『삼국사기』「열전」 편에는 이러한 이야기들이 담겨 있다. 일곱째 장 '훨훨 나는 저 꾀꼬리'에서는 당대 최고의 지식인에서부터 음악과 미술 등에서 활약한 인물 등 우리 민족 문화의 원류를 찾아보고, 또 삼국시대의 문화와 생활을 엿볼 수 있는 내용들을 모았다.

삼국시대의 음악과 노래는 어떠했을까? 『삼국사기』에는 고구려 유리왕의 「황조가」가 우리나라 최초의 애정 가요로 남아 전한다. 신라에서는 유리 이사금 시대에 국가적 차원에서 가악을 처음으로 보급하였는데, 그것이 「도솔가」이다. 「도솔가」는 『삼국사기』가 찬집될 당시에 이미 가사도 곡조도 전해지지 않았다. 다만 인정을 베푸는 왕의 정치를 알리고 나라의 평안을 기구하는 의미에서 만들어진 노래였다는 기록만이 남아 있어 신라 초기 정치의 일단을 엿볼 수 있다.

역시 유리 이사금 때 한가위의 기원이 된 '가배'라는 베짜기 시합 형식으로 생산 장려 축제가 열렸다. 이때 시합에 진 팀에서 한 여인이 나와 춤을 추며 탄식조의 '회소, 회소'라는 소리를 냈는데, 그 소리가 구성져서 나중에 사람들이 그 소리에 노래를 지어 불렀다는 「회소곡」(會蘇曲)도 있다.

그리고 궁핍 속에서 창작하는 예술가의 초상인 백결 선생과 「방아타령」의 일화를 통해 신라 사회와 예술에 대해 조금 더 가깝게 이해하게 된다. 『삼국사기』에는 이렇게 우리나라 음악사에서 중요한 사실들을 기록했는데, 우리나라의 대표적인 전통 현악기인 가야금과 거문고가 삼국시대에 도입되어 전승된 과정도 자세히 기록되어 있다.

가야금의 역사를 살펴보면 가야의 소국들이 차례로 신라에 병합되고 결국 신라에 패배하는 가야의 쇠망사를 볼 수 있다. 가야는 기록 문자를 남기지 않아 신라 역사 속에 간혹 언급되는 정도지만, 가야는 오랜 세월 한반도 남부 지방에서 우수한 철기 문화를 보유하고 훌륭한 음악을 향유한 우월한 나라였다. 삼국시대의 역사에 가려진 가야국의 역사를 이렇게 가야금과 우륵의 일화를 통해 추억하게 된다.

삼국시대의 조형 예술이 대단히 높은 예술성을 갖추었음은 오늘날 남아 있는 다양한 유물에서 확인할 수 있다. 그러나 그렇게 뛰어난 예술품을 만든 사람들에 대해서는 알려진 것이 거의 없다. 그나마 『삼국사기』에 신라의 화가 솔거와 신라의 서예가 김생의 일화가 간단히 실려 있어 신라 예술가의 솜씨를 상상해 볼 따름이다.

삼국을 통합한 뒤 후기 신라는 전쟁의 시대를 보내고 유학의 통치 이념을 내세운 문치(文治)의 시대를 지향하게 되었다. 그러기 위해서는 전쟁 체제의 시스템을 안정적 발전기의 시스템으로 바꿔야 했다. 이때 여러 가지 행정 실무를 담당할 문신들이 필요했으니, 육두품(六頭品) 출신들에게 그 역할을 맡기고자 했다. 이에 육두품들은 학문에 몰두하게 되고, 이로 인해 우리나라 한문학의 발전이 촉진되었다. 이 책에서는 그런 대표적 지성들 중에서 강수와 최치원을 살펴보았다. 강수는 삼국 통일 전쟁 시기에 당나라·고구려·백제에 보내는 외교 문서를 도맡았던 문장가로 유명하다. 그리고 신라 말기의 최고 지성으로 손꼽히는 최치원은 유학자이면서 불교와 도교에 대해서도 깊이 이해한 사상가이고, 시와 문장 모두에서 뛰어났던 문학가이기도 하다.

우리의 고대 역사 속에 여러 가지 기기나 기술 장인들의 이야기는 거의 등장하지 않는다. 고대의 역사가 문(文)을 중시하는 중세의 유학자들에 의해 찬집되다 보니 기술과 관련한 내용은 거의 역사에 싣지 않았다. 그것이 아쉬워 이 책에서는 『삼국사기』에 살짝 등장하는 쇠뇌 기술자의 일화를 뽑아 보았다.

마지막으로 유가적 윤리를 실천한 신라 기층민들의 열전을 모았다. 부모에 대한 효행을 실천한 향덕과 지은, 정혼자에 대해 신의를 지킨 설씨녀, 부부간의 신의를 보여 준 도미 부부의 열전이다. 유가의 윤리 기준은 밖으로 나라와 임금에 충성하고, 안으로는 부모에게 효도하는 것을 기본으로 하며, 거기에 부부간의 절의가 더해진다. 여기에 모은 인물 열전은 효행과 절의 편이라고 볼 수 있다. 더하여 효행과 절의의 인물들에 대한 기사들 속에는 삼국시대 기층민들의 곤고한 생활상을 함께 읽을 수 있다.

그런데 거질의 『삼국사기』를 이렇게 작고 얇은 책에 담다 보니 뽑은 기사들 중에서도 많은 부분을 덜어 내야 했다. 방대한 외교 문서나 연도별로 일어난 사건의 건조한 나열 부분 등은 불가피하게 과감히 생략했다. 또 한 왕 대에 속한 기사라도 주제나 소재에 따라 다른 장에 분리해 신기도 했다. 또는 한 인물에 관련된 기사가 다른 부분에 들어 있는 경우, 각기 의미 있게 상관성을 가질 때는 한 곳에 모으기도 했다. 그리고 일일이 생략 표시를 할 경우 읽어 나가는 데 불편을 주기 쉬워 생략 부분을 표시하지 않았음을 밝힌다.

4

『삼국사기』는 삼국시대의 정치와 외교, 사회 제도와 문화를 알 수 있는 역사서이자 가장 오래된 우리 역사서이다. 이것 없이 우리 역사를 말할 수 없다. 또한 삼국시대의 숱한 사연들과 다양한 인간 군상들을 통해 인간 사회의 원형을 찾아볼 수 있다. 그래서 『삼국사기』는 누대(累代)에 걸쳐 그야말로 반추(反芻)하고 또 반추하며 읽게 되는 것일 거다.

한편 오늘날 우리는 중국에서 고구려 유적을 중국의 역사에 편입시키는 동북공정(東北工程)을 통해 역사를 자의적으로 재단하는 과정을 지켜보고 있다. 고구려를 중국의 일개 지방 정권으로 정의하고 중국 영토에 있는 고구려의 문화와 역사를 중국사에 포함시킨 것이다. 삼국시대의 일은 옛날 옛적 이야기이면서 또한 현재와 미래로 이어져 있다. 이제 우리는 역사에 어떻게 다가가 오늘의 문제들을 풀 수 있을까? 물론 개인이 풀 수 있는 문제는 아니다. 다만 조심스럽게 역사를 뒤적여 보며 오늘을 이해하는 것에서부터 시작할 수 있지 않을까 하는 바람을 이 책에 부쳐 본다.

김부식 연보

작품 원제

찾아보기

김부식 연보

1075년(문종 29), 1세　－좌간의대부(左諫議大夫) 김근(金覲)의 셋째 아들로 태어나
　　　　　　　　　　　　다.

1096년(숙종 1), 22세　－과거에 급제하다. 안서도호부(安西都護府)의 사록(司錄)과
　　　　　　　　　　　　참군(參軍)을 거쳐 직한림(直翰林)에 발탁되다. 이후 20여
　　　　　　　　　　　　년 동안 한림원 등의 문한직(文翰職)에 종사했고, 예종과 인
　　　　　　　　　　　　종에게 경전과 역사를 강의하기도 했다.

1111년(예종 6), 37세　－송나라 사행에 서장관(書狀官)으로서 다녀오다. 돌아온 뒤
　　　　　　　　　　　　감찰어사가 되다.

1116년(예종 11), 42세　－송나라 사행에 문한관(文翰官)으로서 다녀오면서 송나라 사
　　　　　　　　　　　　마광(司馬光)이 편찬한 역사서 『자치통감』(資治通鑑)을 가
　　　　　　　　　　　　지고 오다. 이 책은 송나라에서 간행한 지 50년이 채 지나지
　　　　　　　　　　　　않았는데, 이때 처음 수입되어 이후 『삼국사기』(三國史記)
　　　　　　　　　　　　편찬에 큰 영향을 주었다.

1122(인종 즉위년), 48세－보문각 대제(待制)로 『예종실록』 편수관이 되다.

1125년(인종 3), 51세　－송나라 흠종이 즉위하자 이를 축하하기 위한 사신으로 송나
　　　　　　　　　　　　라에 다녀오다.

1127년(인종 5), 53세　－송나라에 사신으로 다녀오다. 당시 금나라가 송나라에 패배
　　　　　　　　　　　　했다는 소문이 돌아 금나라를 공격하자는 의견이 있어서 정
　　　　　　　　　　　　확한 정보를 입수하기 위해 파견되었다.

1130년(인종 8), 56세　－정당문학 겸 수국사(政堂文學兼修國史)로 승진하여 재상이
　　　　　　　　　　　　되다.

1131년(인종 9), 57세　－검교사공참지정사(檢校司空參知政事)로 승진하다.

1132년(인종 10), 58세　－수사공 중서시랑 동중서문하평장사(守司空中書侍郎同中書
　　　　　　　　　　　　門下平章事)로 승진하다.

1135년(인종 13), 61세　－서경에서 묘청(妙淸)의 난이 일어났을 때 '평서십책'(平西十
　　　　　　　　　　　　策)을 상소하고 서경정토대장(西京征討大將)이 되다.

1136년(인종 14), 62세　－묘청의 난을 평정한 공로로 수충정난정국공신(輸忠定難靖國
　　　　　　　　　　　　功臣)의 칭호를 받고, 검교태보수태위 문하시중 판상서이부
　　　　　　　　　　　　사(檢校太保守太尉門下侍中判尙書吏部事)에 승진되다. 또
　　　　　　　　　　　　감수국사상주국 겸 태자태보(監修國史上柱國兼太子太保)의

직도 겸하다.

1138년(인종 16), 64세 ― 집현전태학사태자태사(集賢殿太學士太子太師)의 벼슬을 받다. 그 뒤 벼슬이 지추밀원사(知樞密院事)에 이르다.

1142년(인종 20), 68세 ― 김부식은 늙었음을 이유로 세 차례나 벼슬에서 물러날 것을 간청하다. 인종은 마지못해 허락하고 동덕찬화공신(同德贊化功臣)의 칭호를 내리다. 그리고 인종은 김부식에게 삼국의 역사를 편찬하도록 명하다.

1145년(인종 23), 71세 ― 『삼국사기』 50권을 인종에게 바치다.

1146(의종 즉위년), 72세 ― 의종이 즉위하며 김부식을 낙랑군개국후(樂浪郡開國侯)에 책봉하고 식읍(食邑)을 주다. 그리고 다시 『인종실록』(仁宗實錄)을 지어 올리도록 하다.

1151년(의종 5), 77세 ― 사망하다. 의종이 심히 슬퍼하며 그에게 수사공상서좌복야 정당문학판상서예부 수국사주국(守司空尚書左僕射政堂文學判尚書禮部修國史柱國)의 벼슬을 추증하다.

1153년(의종 7) ― 중서령(中書令)에 추증되고, 인종 묘정에 배향되다. 시호는 문열(文烈)이다.

남무(男武) 54

남산(南山) 90, 231, 234

남성(南城) 88

남옥저(南沃沮) 150, 151

남해 차차웅(南解次次雄) 35

낭관 110

낭당대감(郎幢大監) 170

낭도 165, 170, 244

낭산(狼山) 221

낭성(娘城) 223, 224

내마(奈麻) 168, 228

내물왕(奈勿王) 133, 136, 153, 170

『노자』(老子) 96

녹진(祿眞) 91, 92, 94, 95, 268

『논어』(論語) 62

눌지왕(訥祇王) 153, 159

| ㄷ |

다물(多勿) 24

다물국(多勿國) 45

다물도(多勿都) 24, 45

다파나국(多婆那國) 37

단속사(斷俗寺) 239

달솔(達率) 138, 178

대내마(大奈麻) 172, 175, 238

대대로(大對盧) 183

대량주(大梁州) 69

대로(對盧) 88

대목군(大木郡) 211

대무신왕(大武神王) 45, 46, 48, 50, 115, 117, 148, 264

대방(帶方) 32

대보(大輔) 35, 38, 41

대사(大舍) 98, 168, 171

대산군(大山郡) 234

대소(帶素) 21, 45, 46

대수(帶水) 32

대아찬(大阿湌) 84, 95, 134, 158, 203

대야성(大耶城) 173, 209

대야주(大耶州) 173

대왕석(大王石) 76, 78

덕만(德曼) 67, 97

덕물도(德物島) 191

도독(都督) 173, 212

도림(道琳) 85~87

도미 249, 250, 278

도살성(道薩城) 136

「도솔가」(兜率歌) 219, 276

도양사(道讓寺) 189

독산성(獨山城) 68, 189

돌궐 139

동명왕(東明王) 19, 26, 28, 45, 263

동부여(東扶餘) 20, 25

동성왕(東城王) 89, 90

동잠성(桐岑城) 189

동천왕(東川王) 150, 152

보희(寶姬) 74

복호(卜好) 153

복희(伏羲) 228

봉상왕(烽上王) 58~60, 100, 101

부곡(部曲) 229

부분노(扶芬奴) 25

부석사(浮石寺) 203

부아악(負兒嶽) 29

부양(斧壤) 204, 206

부여(扶餘) 19~21, 25~27, 30, 31, 45~
　　50, 57, 120, 263

부위염(扶尉猒) 25

부정씨(負鼎氏) 47

북부여(北扶餘) 29, 31

『북사』(北史) 32

북성(北城) 88

북악(北岳) 187

북옥저(北沃沮) 25

북원(北原) 201, 208

분황사(芬皇寺) 239

비담(毗曇) 102~104

비류(沸流) 29~32, 81, 263

비류국(沸流國) 23, 45

비류수(沸流水) 23, 46, 48

비류왕(沸流王) 31

비류하(沸流河) 59

비유왕(毗有王) 87

비처왕(毗處王) 160

빈공과(賓貢科) 236

| ㅅ |

사간(沙干) 70

사량(沙梁) 228

사량부(沙梁部) 166, 233, 245

『사륙집』(四六集) 236

4부(四部) 81, 267

사비(泗沘) 209

사비성 193

사비하(泗沘河) 189, 190

사성(蛇城) 87

사지(舍知) 173, 174

사찬(沙湌) 225, 231, 238

산산(蒜山) 251

산상왕(山上王) 54, 57

살수(薩水) 121, 122, 269

삼교(三敎) 164

삼군(三軍) 213

삼보(三寶) 159

삼한(三韓) 106, 107, 262

삽량주(歃良州) 153, 154

상대등(上大等) 84, 91, 93, 102, 135

상사인(上舍人) 98

상좌평(上佐平) 189

상주(尙州) 207

생초진(生草津) 189

『서경』(書經) 96